第一章

早晨，警察安全和妻女道别，像往常一样。没人知道，这是他人生的最后一天。

当时，金兰正在厨房刷碗。安全犹像片刻，站在了厨房门口。

"我走了。"他说，声音很轻。

金兰没回头，顿了顿，欲言又止。

这时，传来女儿安红的脚步声。金兰忙继续洗碗。

安红七岁了，穿着粉色的裙子，像个可爱的洋娃娃。

"生日快乐！"安全说。

"爸爸，别忘了……"

"买礼物。"安全说。

安红笑了。

"爸爸，今天能送我上学么？"

"你爸忙，"金兰转过身，换一副笑脸，"乖，快去把煎鸡蛋吃了，我送你上学。"

"听妈妈的，好孩子。"安全说。

安红很懂事地点了点头。

安全着便装，带枪，准备离家。

金兰没出来，和往常一样。

厨房里传来锅碗瓢盆的撞击声。

安红追了出来。

"爸爸，妈妈哭了。"说着，小眉头皱了皱。

安全蹲下身，拥抱了下女儿。

"没事，别担心。"

"爸爸，你去哪里执行任务？"

"浮云镇。"

安全摸着女儿的小脸，努力一笑。

"注意安全。"她说。

女儿的叮嘱，在他濒死前一刻，仍回荡在耳边。

浮云镇上空，雾霭沉沉。

一个长得和安全一模一样的男人，从女友方美的租住屋里出来。

"龙哥，注意安全。"

龙平戴上墨镜，离开。到了下坡临街处，他停下来，打开手机中的监控软件。手机画面是一个很大的院落，气派讲究，院门口停了两辆车，一黑一白。院里，一条黄狗在追鸡，一个秃顶老男人冲出来，抢棒子赶狗。随后，出来一高一矮两个胖子，穿着得体，和老男人打招呼，说话声清晰地传来:"爸,我们走了。"

"去哪儿?"

"浮云镇银行。"

"在龙门镇存不就行么,这么多钱。"秃顶老男人说,"都是国家的银行。"

"开户行在浮云,你懂什么。"矮个的黑胖男人说。

"没事儿,爸,甭管了,"高个胖子说,"我和二鬼办,你甭操心了。"

说着,扭脸看了看镜头方向,像是不经意地一瞥。

这时,手机画面里响起大喇叭的声音,传来一个中年男人烟味十足的喊声:"这么着啊,大家伙儿注意了啊,今天来检查组啊……"

监控画面切到另一个镜头:小小的院落,院子里破败不堪,半截土墙,塌出一个豁口。院子里,只有一个方凳子,空空如也。大喇叭声仍在:"啊,今天这检查组查得可严,咱龙门村,这去年刚得的先进,咋也得保住。"

龙平关掉监控软件,回望,方美还站在门口。

见龙平回头,方美走过来,担心地说:"不去了,别报仇了。"

"杀父之仇,能不报么?等我干掉那俩畜生,咱们远走高飞。"

方美正欲开口,龙平已经灵巧地越过矮矮的围栏,消失在方美的视野里。

街上很吵。摩托车东来西去。

"啪啪啪！"三声脆响。

龙平忙躲到墙后，伸手摸枪。

探头看，原来是两个男孩在放鞭炮。

龙平低头，进了旁边的杂货店。

一辆白色旧桑塔纳驶了过去。

开车的是安全。

铁索桥下，绝壁深渊，怒河奔泻轰鸣。

一对情侣，在摇摇欲坠的桥上相拥。

铁索桥附近，沿着山的缓坡，是高高低低的老楼。它们建于上世纪七八十年代，像是历史一样，苟延残喘，匍匐在那里。楼身斑驳，像时间的伤口。其中一座楼的楼顶，有个黑衣的狙击手，沿着靠近铁索桥一侧的楼顶，缓缓前行，在观察着地势。

楼下，是绵延的坡道，有很多车在缓缓移出车位，像是鸟儿出巢一般，成群结队；又像是鱼群，游向更宽广的江河。阳光移动在地平线上，照耀着废墟般的浮云镇。

鸽群沐浴晨光，拖着长长的鸽哨声，飞翔在狙击手的双眼中。

他戴了个黑色的口罩，头发染成栗色。

他的脑海里，正闪回着黑暗中一个黑影的声音。

"要死不见尸。"黑影说。

"那怎么办？"他问。

"浮云镇附近山高流急，虎跳难越。"黑影说，"就算掉进去一头大象，都会无影无踪。"

一只灰鸽子飞到了狙击手眼前，落下，歪头打量他，像在末日审判。

通往楼下的应急楼梯门开着。红红的墙上，还有红色标语的内容。字迹已经模糊，只有一个巨大的惊叹号还算清晰。

狙击手用枪瞄了瞄远处。

瞄准镜里，是一座遥远的桥。

他摇摇头，将枪身拆解，装入吉他包里，起身，跨在肩头，像一个街头歌手。

河边小店，安全在吃早点。远处，就是银行广场。

安全刚一坐下，店老板便走过来，将一块两毛钱放到安全跟前。

"你的钱。"店老板说。

安全愣了，看着对方。

"昨天您吃饭的时候，我这儿没零钱。"店老板说，"现在，都手机支付，零钱不好找。"

"我第一次来这里。"安全说。

"昨天是你啊。"

"你认错人了。"

"昨天早上下小雨，人少。我记得真真的。"

"我第一次见你。"安全说。

店老板愣愣地看着安全。

店老板离开，安全看着他的背影。

电话响。

安全摸出手机。手机屏幕是摔裂的。

来电的是安父。

"爸，"安全说，"我在浮云镇了。"

"刚到？"

"是。"

"注意……安全。"

"有事么？"安全问。

安父沉默，像是意识到什么。

在安全心里，父亲的形象永远和那只公鸡的死联系在一起。小的时候，母亲经不住安全的软磨硬泡，从街上买了只黄绒绒的小鸡仔，它是安全快乐的源泉，他给它起了名字：威武。以前，安全是一个沉默的小男孩，低着头，形影相吊。自从威武出现以后，他笑得越来越开心。等小鸡仔长成了大公鸡，它便天天跟在安全后面，成了他最好的朋友。安全回家，威武都是第一个跑出去迎接。吃饭的时候，它便在安全脚边寻食。一天，家里只有安父和安全两人，吃饭的过程中，安全突然发现，威武没在脚边，于是便问："爸爸，威武呢？"安父往桌上一指，"在盘里，宫保鸡丁"。安全立刻大哭，呕吐不止，从此，再也不吃鸡肉。

"对了，最近局里有个去北京进修的机会，你去吧。"安父说，"我让小杜报上你的名字。"

旁边的野湖里，一只白鸟亭亭玉立，踩着水中倒影。

"还犹豫什么？"安父说。

"我不想去。"

"你这孩子，我和你妈就想着能让你去进修，好容易争取这个机会。"

安全笑，很不自然。

"这次蹲守，局里其他人都不知道。"安父语速缓慢，"注意保密。对了，你要找的这个人，身上可能有枪。"

"知道了。"安全从兜里摸出一张照片。

照片上是一个光头，一脸横肉。

"那小子，是个亡命徒。"安父说。

"知道。"安全说。

"他一出现，赶紧向我汇报。"

安全若有所思，看着眼前的桌面。桌面坑坑洼洼，一只蚂蚁正从边缘爬过。微光之中，蚂蚁身上毛茸茸的，它叼着一个肉渣，想迅速逃离现场。对它而言，桌子如广袤的世界。当它爬到桌子侧面时，被肉渣一坠，落入尘土。安全低头，在桌子底下找，无论是肉渣还是蚂蚁，都已无影无踪。

"你和金兰离了算了。"安父说。

"不离。"

"俩人天天闹。"

"是她在闹。"安全说，"安红还小，我不想让她受伤害。等她长大，肯定离，不用你催。"

"你这孩子，我是怕你受气。"安父低声说，"还不是为你好。"

安全从身上摸出小酒壶，喝了一口。

一辆运煤大货车迎风驶过。

尘沙飞扬，喧嚣声淹没了一切。

安全再抬头时，从大货车卷起的尘土中，现出一高一低两个人影，很像世界末日中的天外来客。两人一胖一瘦，一高一矮，等他们的脸从面纱般的黄土中现出的时候，安全发现，两人相貌奇异，仿佛来自阴曹地府。

他们像一阵风，到了安全眼前。人没到，风先到，风中夹杂着一种难以言表的恶臭。那种气味，是安全所熟悉的。

安全忍不住抬头，打量了一下来人。

"看什么看？"黑大个皱了皱眉。

他头发散乱，半边头发紧贴头皮，像是被狗咬掉了一块。

安全没说话，看了眼瘦瘦的、矮矮的那个。

那人戴了副黑框眼镜，一条眼镜腿上缠着胶布。胶布已黑，像是黑色的胶泥。

"行了，黑龙，少说两句。"小个子说着，冲安全点点头，一脸歉意。

"他，最近心情不好。"小个子说。

"瘦子，少废话。我心情好着呢。"黑龙说着，扭脸喊了句，"老板，两屉包子！"

无数小小的唾沫在空气中弥漫，一股恶臭从黑龙嘴里喷出。

安全皱眉。

"我操，什么意思啊？"黑龙瞪起铜铃般的眼睛，"恶心我？"

一条狗站在那里，看看黑龙，又看看瘦子。

两人吸溜作响地吃饭。瘦子像是要随时准备逃跑一样，抬眼打量安全，见并无危险，便赶忙低头，军队抢滩登陆一般，风卷残云。

安全点了支烟，看了看眼前剩下的那个包子。上面，有只小苍蝇正在散步。接着，又飞过来两只，小蝇如豆，围着黑龙团团乱转。黑龙挥舞筷子，追打苍蝇，远远看过去，像是在演独角戏。

"又看，"黑龙瞪着安全，"恁是不是觉得我特别搞笑？"

瘦子叼着包子，看着安全。

"大哥，别……"他声音很轻，没了下文。

"搭理他干吗？"黑龙说，挥手招呼老板，"老板，你这汤里，鸡蛋太少了，咋整的？半个鸡蛋一碗汤，越来越糊弄了，俺俩可是老客户。"

安全吐了口烟。

黑龙印堂发青，面色暗灰，像阴曹新鬼。

店老板一脸尴尬，探头问黑龙："老板，再赠送你一碗鸡蛋汤，行么？"

"不能光赠送给我。"黑龙油乎乎的手抹了抹身上，"还有俺这好兄弟。"

他指指瘦子。

"行。"店老板点头。

"你别又一个鸡蛋分两半，糊弄俺玩。"黑龙说，"人，就得能舍，舍得，舍得，不舍，咋得？你说是不是？等恁每天给俺的鸡蛋汤里打两只鸡蛋，恁肯定能变成马云和比尔盖子。"

"比尔·盖茨。"瘦子推了推瘸腿眼镜。

"我说的就是盖子。"黑龙皱眉看看瘦子，"咱俩，谁是徒弟？"

瘦子红了脸，双手端碗，状如乞丐，把汤喝下。

安全注意到，又有黑小豆般的苍蝇在附近麇集，像是得到集合令一般。

"你们住哪里？"安全说着，递给瘦子一支烟。

瘦子点头哈腰，接过来。安全递给他打火机。

黑龙想放下碗，又有些犹豫，见安全也递烟给自己，笑了，一脸憨厚的表情。他接过烟，从瘦子手里拿过打火机，点着，抽了口，像表演似的，吐了一串烟圈。

"这烟，真不孬。"黑龙说。

"你们住在哪儿？"安全问。

"就旁边，"瘦子说，"拆迁房。"

说着，指了指。

苍白的阳光下，远处那片宛如城乡结合部的残垣断壁，看上去有些超现实的意味。

"你们那里，最近，没啥事儿？"

"啥事儿？"黑龙呛了口烟，瞪眼看安全。

"没事，挺好。"瘦子自言自语，"除了脏点儿。"

"有什么意外么？比方说……"

"啥意思？恁就不能盼我俩点好。"黑龙斜了安全一眼。

安全笑。

"哥就是问问，正常。"瘦子说，"关心咱。"

"我用得着他关心？"黑龙仍一脸不悦，继续抽烟。

烟雾弥漫，如丝的恶臭淡了很多，被烟草的气味所取代。

"你哪里人？"

"查户口呢？"

"让你说着了。"安全亮出警察证，动作极为隐蔽。

周围没人发现。

见到警察证，黑龙像是小学生见到家长，立刻老实很多，脸上是无辜加诚实的表情，很像一个受了委屈的小媳妇。

"俺俩，好人。"黑龙说，"是不是，瘦子？"

瘦子点头称是，连店老板端过来的蛋汤都没看一眼。黑龙目不转睛，看着安全。

"你们两个，一人一个蛋。"老板说。

周围的人笑。

"有话，咱们旁边说。"黑龙说。

安全和黑龙、瘦子站在一棵大树下。起风了，空气好了很多。那种深入骨髓的臭味，飞散，变淡，但仍执着地宣示着它的存在。

"带我去你们住的那里。"安全说。

黑龙和瘦子面面相觑。

一辆大货车在坑洼不平的道路上轰鸣驶过，天摇地动，暴土扬场。

"咋过去？"黑龙皱了皱眉头，四下看看。

那辆白色桑塔纳静卧路边，非常扎眼。

"跟我来。"安全往桑塔纳那边走。走了两步，停下来，打量一下两人。

"还是走着吧，"安全说，"你俩在前面，带路。"

眼前是个破败的庭院，周围瓦砾成堆，断壁残垣。半面墙孤立无援，上面是个巨大的"拆"字。

还没进院子，已经有狗在叫，听声音是条很凶的大狗。

黑背，安全想。

进门，果然是。

院子里，苍蝇横冲直撞，仿佛这里是它们轰炸的现场。院子当中，一个头皮乌青的花臂大汉坐在那里，脚边放着半瓶白酒，还有一个小碗。小碗里，是花生米。

他拍拍身上，挥掌朝空中一抓。

"操，怎么这么多苍蝇啊！"

抓的中间，见安全随两人进院。

"黑龙、瘦子，什么情况？"

黑龙刚想说话，花臂大汉说："带警察来，啥意思？"

黑龙很吃惊，瘦子也一脸惊讶。

"花爷，你咋知道他是，那啥？"

大狗狂吠，花爷冲它吼了一声，它便趴在那里，臊眉耷拉眼，没了声息。偶尔瞥一眼几个人，见没人搭理它，便扭过头，去看别处。一只大头金蝇围着它的鼻子转来转去，一会儿，一只丝光绿蝇飞到安全面前。

"你们没觉得院里臭？"安全问。

"没啊。"黑龙一脸无辜。

"我操，"花爷抬起粗腿一样的花臂，"黑龙，你小子，又往屋里拉屎了？"

黑龙争辩："没啊。"

"瘦子，他干没干？"

瘦子支支吾吾。

"不是屎味，"安全说，"是尸味。"

花爷赶着苍蝇。"啥，虱子？"

"尸体。"安全说。

几个人安静下来，目光在小院里几间屋门上逡巡，最后落到了一扇挂一把生锈铁锁的大门上。

"有几天没见海哥了。"不知谁说。

两只苍蝇从门缝中爬出，展翅飞翔在阳光之下。

安全四下张望，找了段铁管，拎着，到了门前，一抡。没等花爷满嘴拌蒜"喂喂喂"地阻止，铁锁开了，三人还没反应过来，安全已推开房门。

群蝇如烟，滚滚涌出，院子里，恶臭爆满。黑龙、瘦子首先吐了，花爷抱着酒瓶，一个没忍住，一肚子的污秽，从口鼻里喷溅出来。

"赶紧报警。"安全很平静，看着院里呕吐不止的三人一狗。

很快，浮云镇警察赶到，拉起了警戒线。

空气中，恶臭弥漫，像黏稠的液体，粘在皮肤，渗入骨髓。

安全在大院外老银杏树下抽烟。警戒线外，全是围观人群。

突然，安全的身后，传来一个人的声音。"龙平，龙平。"

安全愣了下，没回头。

"龙平，抽烟的，是龙平么？"那声音又响了起来，显然是冲着自己的。

安全回头看。身后，人潮涌动，熙攘穿梭。一个厚实的背影低头离开，消失在人海。

浮云镇警察小邢出现在安全面前。

"谢谢您了，安警官。"他说。

"死者什么情况？"安全问。

"龙门镇龙门村的。"小邢说着，把证据袋中的身份证在安全面前展示了一下。

照片上是一个憨厚的国字脸青年，表情带着证件照特有的呆滞。名字很大众：王小海。

第二章

龙平在银行附近转。阳光透过树冠的缝隙，洒落在他的脸上。

他的眼睛亮亮的。

离银行门口不远，有辆黑色奥迪。一个人站在那里，像是等人，又不像，偶尔会突然打量龙平。龙平赶忙避开他的目光。

ATM 机那边排了两队人。隔着玻璃，看不清里面人的模样。

玻璃上反射着光怪陆离的街景。风里，带着微凉的晨意。

这时候，一台警车慢慢驶入银行广场，停在了那里，警灯静静闪烁。

龙平改变路线，他背着黑色双肩包，穿过一片小树林，向着河边的小店走去。小店门口有不少人。龙平走近，一抬头，见小店老板正愣愣地看着自己，一脸尴尬地笑着。

"又来了？"店老板说。

"啊。"

"刚，没吃饱？"

"没吃呢。"龙平说。

一听这个，店老板赶忙跑回店里，冲着神龛里供着的关老爷拜了三拜，口念"阿弥陀佛，菩萨保佑，关老爷救命"。然后突然想起了什么，探出头来。

"我不欠你什么吧？"

"欠我一块二。"

店老板立刻晕倒在地。

吃完早点，龙平返回到银行广场的时候，那辆警车还在，不但如此，警车边还站了两个警察，对着周围指指画画。

龙平改变方向，朝着不远处的星海网吧走去。

网吧门口，一男一女互相搀扶着出来，一身方便面的味道。

龙平找了台靠里的机子，坐下来。

网吧里全是汗臭、烟臭、脚臭和口臭，和着空气清新剂刺鼻的味道。

龙平打开电脑，屏幕一亮，映出他铁青的脸。他戴上耳机，熟练地打开《反恐精英》游戏界面，双手如飞。画面中是龙平的视角，手握短枪，在一座富有异域风情的城堡中行进。恐怖分子出现，他身手矫健，对手应声倒地。

龙平手机振动，是方美。

"哪儿呢？"

"星海。"

"怎么不回来？"

"临时待会儿。暂时下不了手。"

旁边，一个小眼镜，身材瘦弱，看看龙平，又看看自己的电脑屏幕，笑了，露出挺大的门牙。

"又在打《反恐精英》，对不对？"方美的声音。

"有完没完？"

"想回伊拉克了？"方美笑，"雇佣兵先生。"

龙平脸上的肌肉抽搐了一下。

小眼镜上下打量龙平。见龙平看自己，赶忙转头，盯着墓碑一样的荧屏。

"别去银行那边了。"方美说。

"又来了。"

"对了，我刚看朋友圈，有篇文章说，全世界，总会有一个人长得和你一模一样，但和你没半毛钱关系。"方美说，"还有照片呢，好多。一个外国人拍的。"

"转给我。"龙平说着，打量了一眼四周。

小眼镜再次把脸转过去，若无其事的样子。

"说不定，美国就有个和我一模一样的。"方美说，"在白宫……"

龙平挂了电话，戴上耳机，继续打游戏。

小眼镜突然把脸凑过来。

"那是你吧？"他指指自己面前的电脑屏幕。

龙平没听清。

"什么？"他扒拉下耳机，看小眼镜。

"你是警察？"

小眼镜使劲指指眼前的电脑屏幕。上面正放《安全说法》，主讲人安全，长得和龙平一模一样，一身警服。

"感谢您收看《安全说法》栏目，我是警官安全。"

小眼镜调大声音，画面调成全屏状态。

"今天，我给大家讲个案例：全家争财产，惊天酿血案。天下之大，无奇不有，法网恢恢，疏而不漏。"

安全的面部特写。

"这是你吧？"小眼镜笑。

龙平面无表情。

"说话都一模一样。"小眼镜说着，四下看，像是怕泄密。周围的人戴着耳机，或摇头晃脑听音乐，或脖子僵直打游戏。

"别装了，看出来了。"他眯起小眼，"我也喜欢破案。"

龙平看着小眼镜，突然一笑。

"像么？"他问。

"不像。"小眼镜说，"你就是他。"

龙平点点头，起身，拍拍小眼镜的肩膀，压低声音。

"小兄弟，注意保密。"

龙平从星海网吧出来，往银行方向走。这时候，又有两辆警车擦身而过，呼啸着，驶向银行广场。

龙平站住，迟疑片刻，转身往回走去。

狙击手背着吉他包，吹着口哨，四处游荡，像是无所事事。他四处观察，寻找最佳的潜伏地点。银行广场上，到处都是游荡的警车，像是聚集而来的群鲨，排成了猎杀的队形。

江风拂面，吹过他栗色的头发，他年轻的脸看上去有些诡异，一丝微笑如风吹水面，浮现出来。

在铁索桥附近的一处水果摊边上，他找了部公用电话。

周围，是跑来跑去的孩子们，拿水枪互相射击，欢声笑语，一脸无忧无虑的表情。狙击手看着他们，笑了。他的笑容有些不自然，但没人注意这点。有个男孩跑得太快，一头撞在他腿上，差点儿摔倒。他赶忙伸手扶一下，又拉一把。小男孩惊魂未定地笑着，跑开了。

狙击手打了个投币电话。

"人不见了。"狙击手说。

"有理想位置了么？"电话那边，一个男人的声音。

狙击手背着吉他包，沿着破败的楼梯往楼上走的时候，不时有快递小哥、送餐小哥上上下下地跑。上下楼的居民对这些外来的人习以为常，他们只顾忙着手边的事情，挈妇将雏，孩子的哭叫声此起彼伏。

天台非常平坦，高楼都在稍远的地方。俯瞰下去，一侧是银行广场，距离很远。从另一侧望过去，铁索桥横跨怒河之上，高山浮云，幽谷深涧，周边游人如蚁，聚散如风。

狙击手找了个隐蔽的去处，放下吉他包，并不忙着打开。

他点了支烟，像是一个旅行者，散淡悠闲，对着铁索桥方向拍照。

桥太远，于是他便拉近镜头，铁索桥更近了。

铁索桥对岸，是一片七彩建筑，牌子很大：三江玩具批发城。

他单手如飞，将新拍的几张照片用微信发了出去。

接收人：他。

安全停车，不远处就是银行广场。

在车里，可以看到远处的银行和附近停着的警车。

银行周围，人影绰绰。更远处，有一个星海网吧的大牌子，十分醒目。牌子底下，人进人出。

再远处，碧波洗浴的门前，正有两个穿白衬衫的人进去。

星海网吧走出一人，十分眼熟。安全仔细看时，刚好有三个人拥向网吧，把那人影遮住了。等三人的身影消失在网吧门口时，那人不见了，两辆警车飞驰而来。

不会又看错了吧？安全对自己说。这些日子，总有些恍惚。

副驾驶座椅下的地上，丢着一个空酒瓶。

手机响，安全一看，肖老师在家长群里发了个信息。打开看，是安红班里小朋友给她过生日的视频。安全忍不住笑了。

这时，那股淡淡的臭味发散出来，缓慢而持久，像匍匐的野兽，缓缓占领车内每一个角落。安全赶忙点了支烟，同时放下车窗。

安父来电，安全接通了电话。

"安全啊，看见红红在班里过生日的视频了么？"

"刚看。"

"这视频提醒我了，你别忘了给孩子买礼物。"

"忘不了。"安全说，"一会儿，我去找个百货商场。"

"浮云有个三江玩具城不错，你可以去看看。"

龙平回到女友住处。方美正对着镜子卷头发，见龙平回来，非常惊喜，尖叫着过来拥抱他。

"太好了，担心死我了。"

"警察太多，好像有问题。"龙平说着，把黑色双肩包往沙发上一放，靠在一边抽烟。

"别去了，咱俩好好的。"方美说，"以后你带我去北京鸟巢，拍婚纱照。"

龙平愣了一下。"北京？"

"你不是在野豹突击队干过么？"

"那是雪豹。"龙平说，"为什么要在鸟巢？"

"鸟巢，你熟啊，"方美说，"北京奥运，你不是在那儿干过保安么？"

"那叫安保。"说完，指着桌上多出来的一个空啤酒瓶，"出门的工夫，又喝酒，哪有早晨起来喝酒的？"

"你不沾酒，还不兴别人喝？"

龙平抬起胳膊，张开手晃了晃。方美赶忙跑到冰箱跟前，拿出大桶可乐，倒了一杯，递到龙平张开的手里。

龙平笑了。

"德行。"方美笑着骂。

龙平喝着可乐，打开手机上的监控软件：大院空空的，那只大黄狗正趴在地上晒太阳。切换到另外一个杂芜的小院，地上的小板凳没了。院子显得更加破败。

"你装那玩意儿，对着大鬼家，他能看不见？"

"针孔摄像头，听说过么？"

方美不说话，穿上高跟鞋。

"昨晚下班那么晚，又要出去？"

"我就穿上让你看看。"方美摆了个造型，"好看不？"

"好看。"

方美得意地笑了。

龙平放下手机，起身，对着镜子，迅速拔枪，咔嗒一声上弹夹，完成射击动作。

"两秒。"龙平说，"比以前慢了。"

"舞刀弄枪的，吓死我了。"方美说。

龙平沉默了。

"你在伊拉克的时候，我一天到晚提心吊胆。"方美说，"去那里，有什么好的？"

"能赚钱啊。"龙平说，"去了那儿，才知道我的命很值钱。"

"值多少？"

"一百万。我也没想到，我的命这么值钱。"龙平说，"我如果死在那儿，我妈就可以得到一百万，保险赔偿。"说到这里，龙平傻傻地笑。"足够给我娘养老送终了。"

挂了安父电话，安全在手机上查三江玩具批发城。他发现，开车去，需要绕行五公里，经过浮山大桥。实时路况显示，由于浮山大佛香客云集，导致浮山大桥方向道路极为拥堵，开车的话，历时一个小时。步行就要近很多，但需经过铁索桥。

安全犹豫了一下，还是决定步行过去。

连接银行广场和铁索桥的，是一条林荫道，大树参天。从狙击手所在的楼顶看，树冠相连，遮盖了道路，看上去宛如一条绿色的巨龙，在或密或稀的树冠缝隙中，可见时隐时现的人影。

狙击手的枪对准了远处的安全，他正离开停车场，准备出发。

远远地看，安全像是一个气泡，在升腾的灼热的气浪间悬浮。然后，飘向了那条林荫道。

安全消失在了瞄准镜中。

安全走在林荫道上。周围的一切，仿佛世外桃源：老人们三五成群地聊天，少男少女幸福地微笑，孩子们无忧无虑，围着大人奔跑嬉闹。一想到安红也能在这片草地上奔跑嬉戏，安全忍不住笑了。

安全在树荫下穿行的时候，狙击手也在寻找安全。瞄准镜里是晃动的树冠、稀疏的枝叶下闪闪灭灭的人影。

当安全出现在了林荫道尽头时，狙击手笑了。

他年轻的脸上现出一种不自然的笑意，微风吹拂下，栗色头发看上去蓬松、飘逸。

安全出现在了瞄准镜里，狙击手的枪口紧紧跟随着他的头部。

不远处，就是铁索桥。

桥上人不多。桥下的水在山间奔腾，泛起白色的浪花。

狙击手的笑意并没有持续多久，他像是看到了什么，表情变得凝重。

安全准备上桥，一个男孩跑过来，哇哇地哭。旁边，小男孩的姥姥束手无策。

"怎么了？"安全上前问。

小男孩手拿一把塑料小铲子，拎着个小塑料桶，哭得跟泪人似的。

"他要过桥，去买玩具。"男孩姥姥一脸无奈地说，"买玩具就买玩具，非让我背他过桥。"

"就要嘛。"小男孩说。

"可我这老腰……"老太太捶了下后背。

"我刚好也要去玩具城。"安全说着，蹲下来，说，"男子汉，不哭。叔叔也要去玩具城，给小姐姐买玩具。"

"姥姥，背着我。"小男孩似乎并不关心小姐姐的事情。

"叔叔背着你，行么？"安全说。

"那哪行啊，不行。"小男孩姥姥说，"这可不行。"

小男孩看看安全，有些动心。但想了想，摇头。

"叔叔是警察。"安全说，"警察叔叔背着你过桥，可以么？"

小男孩一听，笑了，使劲点头。

当安全背着小男孩走上铁索桥的时候，楼顶的狙击手看得清清楚楚。

瞄准镜里，安全背着的男孩挡住了他的躯干和头部。老太太跟在安全后面，把他挡得严严实实。

枪口追着安全走到晃动的铁索桥中间时，瞄准镜里的安全、小男孩和老太太迅速消失了。

狙击手从瞄准镜上抬起头，将枪放在一边。

龙平打开手机网页，搜索《安全说法》。屏幕上立刻跳出了《安全说法》的视频。

"给你看个东西。"说着，他把手机递给方美。

方美一看，兴奋起来，"真的一模一样，根本分不出来谁是谁。他不会是你失散多年的兄弟吧？"

"我没兄弟，所有人都知道。"龙平说。

龙平拿起沙发上的小镜子，照了照。

"模样是差不多，声音差不少。"

"你俩的声音也一模一样，真的！"方美一边扣着胸罩扣一边说，"自己听自己的声音，都不准，知道么，你的声音，和这个警察一样一样的。"

"呵呵。"龙平笑，看着手机屏幕上的安全。

"可人家是警察，"方美说，"你是……那啥。"

龙平没说话，把安全讲座的声音放得更大。安全正在讲跟踪、反跟踪技巧。

龙平把手枪放在一边。方美抢了过去。

"干吗？"龙平伸手抢，没抢到。

方美从手包里拿出一张小贴画，认认真真地贴在枪把上。

"什么东西？"龙平问。

枪把上是一个长翅膀的小娃娃，正把箭射向一颗红色的心。

"不准撕。"方美说。

"谁家的孩子？"龙平问。

"没知识真可怕。这是丘比特，爱神，懂么？"

方美穿上丁字裤。龙平用布细细擦枪。

"这枪，真不是你的？"方美说，"他们说你持枪杀人。"

"他们撒谎。这是他们杀高磊的枪，要杀我，被我夺过来了。"

方美看着镜子，熟练地梳头。

"他们还说，王小海也是我杀的。"

"不可能，王小海没死，我前几天还见着他呢。"方美说，"昨天见到你，光顾着激动了，忘和你说了。"

"他住哪里？"

第三章

龙平在街巷中穿行。

空中俯瞰浮云镇，小巷纵横，密如织网。龙平低着头，穿梭在人群中，像是一条逆行的鱼。他翻看着手机监控拍下的视频。

视频里，开始大院里外空空的，接着，二鬼的白车开回来，停在了院子边上。二鬼笨拙地从车上下来，边打电话边往院里走。那条大狗兴奋地扑过来，被他一挥手，推倒在一边，灰溜溜地离开了。

二鬼嗓门很大："哥！咱娘找我，她说又不舒服了。我估计是她又闷得慌了。老小孩，老小孩。"然后二鬼闭嘴，捂着另一只耳朵，边听边点头，走到离着摄像镜头更近的院墙边，声音大了很多，"咱俩最迟三点半到浮云银行会合，对，就银行广场，我尽量早点到。"

说完，二鬼冲镜头方向瞥了一眼，匆忙进屋。

龙平把手机揣到兜里，往百达购物中心方向走去。

那里有王小海，唯一能为自己洗冤的人。

与中国任何一个地方的批发市场相似，三江玩具批发城充斥着假货和虚假的繁荣。安全与小男孩和男孩姥姥挥手告别后，穿行在高分贝的人潮中，仰脸看着左右两侧货架上的玩具，立刻没有了购买的欲望。安全加快速度，到了市场尽头的一片空地，看着在人们腿间悠闲踱步的鸽子，他长舒一口气。

给安红买，就要买好的，起码不能买假的。安全对自己说。

安全出现在铁索桥的另一头时，狙击手兴奋起来。

这次视野绝佳，现场很干净。在安全前后七八米的地方才有人活动。

瞄准镜里，安全样貌清晰，脸上带着一丝淡淡的忧郁。

他开始面对枪口，绝佳的机会！

狙击手屏住呼吸，准备扣动扳机。

安全站在那里，像在等待此生最后一次枪响。

这时，天台上传来了少男少女的欢笑。有人在弹吉他，接着响起了一声响亮的小号，然后是女孩们的哄笑。

"有人！"一个少年的声音。

狙击手忙收拾起枪，装入吉他包里。他坐在天台边上的矮矮的水泥台上，很酷地俯瞰着下面。

"帅哥。"几个女孩叫，然后往这边走。

"来啊，我们排练，你也加入。"有人喊。

狙击手回头看了看，没有应声，他迅速背起吉他包，低头，匆匆走向远方。

远处，是通往天台的另一个入口。

坐在小区公园的椅子上，安全点了支烟。一个拿门球杆的老头瘸着腿走过来，皱着眉，看安全。

"小伙子，公共场合，不准抽烟，知道么？"

周围静下来。尘世的喧嚣潮水般涌来，像历史留声机上的杂音。

树冠间，阳光透下，十分刺眼。

这时，石开明来电话。

"我，石开明。"他声音很大。

"说吧。"

"干吗呢？"

"蹲守呢。"安全说着，看看周围。

边上没人。远处，几个打门球的老头正拎着家伙什儿，交头接耳，往安全这边看。

瘸腿老头正往这边指，与安全目光相遇，赶忙招呼大家打球。

"哪儿呢？"石开明又问。

"浮云镇。"安全说着，起身离开。

"浮云镇又不归龙城管，你跑那儿蹲个什么劲啊？"

"甭废话。"

"你真想让我做啊？"

"当然。"安全说，"怎么了，不能做啊？"

"做是能做。"石开明有点为难。

"开明，这事我找你，就是因为咱俩是同学，关系不错。小学的时候，猫哥欺负你，不都是我拦着？"

"那倒是，没你保护，我还真是无法健康成长。当年，我说当年。"石开明又开始嬉皮笑脸。

"到底能不能干？"

"能是能，就是觉得，不合适。"

"有什么不合适的？出事我兜着，又没你什么事。"

"主要是……"石开明说，"嗐……"

"为难就算了。"

"别，别。"石开明说，"我干还不行么？"

"这事儿，不能让别人知道。"安全说。

"还用你说？咱俩是好兄弟，这么多年，一块玩屎玩尿长大的。"石开明说，"我说句话，你别在意。"

"说吧。"

"这事干了，你可别后悔。到时候，有可能没法收拾，明白么？"

街上，热风骤起，糙如砂纸，在脸上锋利地划过。

"买瓶水。"小卖店里，龙平指指冰柜。

安全从小卖店门口过去，戴白色网球帽，帽檐很低。

龙平回头看，小卖店外，空无一人。

"最近这边，没出啥事吧？"龙平说。

"这小地方，能有啥事？"

中年妇女盯着龙平，然后偷瞄柜台内的一个角落。

柜台角落的小桌上，扔了一张脏乎乎的通缉令，经过多次传真，通缉令上的人已面目模糊。隐约可见是龙平的身份证照片。通缉令下面，留了一个手机号码；旁边，是一个民警的名字：王忠民。

百达购物中心离银行广场不远。那里是浮云镇的一处旧商业楼，现正重新改造。叮叮当当，空气中弥漫着水泥的气息。龙平戴着墨镜，捂着口罩出现在那里时，立刻成了工人们围观的对象。

"他也不嫌热。"工人三五成群，手拿饭盒、茶缸。龙平突然看到一个人，老实巴交，闷声不响，像条鱼，想从边上溜过去。

龙平叫住了他。

"啥事儿？"青年后退，"大哥，我什么也没做。"

其他几个工人嘻嘻哈哈、幸灾乐祸地走过去。

"怕什么？"龙平说，"你又不比别人矮一截。"

青年表情缓和了很多，笑，"话是这么说，可……"，他看了看周围，一脸讨好的表情，"哥，啥事儿？"

龙平问："王小海在么？"

"你是警察？"青年问。

龙平低头，欲离开。

青年赶忙追："别走啊。"

龙平已经走出去很远。

"我跟王小海最好了。"青年说，"一般人都不知道他的大名，都叫他老海。"

龙平站住了，扭脸看着这个青年。

"你叫什么？"

"赵军。"他说，"我跟小海最要好。我俩在这个工地上，学历最高。"

龙平面无表情，四下看看。

"你是便衣吧？"

"怎么了？"

"我正想报警呢。"

"什么事？"

"王小海有两三天没来了。昨晚公司聚餐，他也没来。"

"你没找他？"

"联系不上。"赵军说，"我昨晚喝完酒，去他住的地方找过他，老远就看见了，门锁着。"

赵军说完，有些后悔。"你不是来……催债的吧？"

"他住哪儿？"龙平问。

第四章

去王小海住处，仍要经过银行附近。在银行门口，两个年轻人突然推搡着打了起来。几个银行保安冲出来，一边小跑，一边四下张望，拿对讲机哇啦哇啦喊，都是方言。

趁着周围一片混乱，龙平赶忙摸出黑框眼镜，低头戴上，再四下看时，他已经一脸络腮胡子、黑框大眼镜，与此前判若两人。

警车呼啸着把银行广场围了起来。几个警察下车，缩小包围圈。

龙平往身后看，有两个警察向自己冲过来。他忍了忍，没跑。

"看什么看？说你呢，闪开，警车来了。"一个警察指着龙平，大喊。

一辆警车呼啸而过。

离开银行广场，他又恢复了原来的样子，戴着口罩、墨镜。

按照赵军给的地址，龙平到了王小海的租住房附近。远远地，人山人海，像巢穴之蚁。接着，传来热腾腾、臭烘烘的味道，让龙平感到，那些围观的人们更像是逐臭的苍蝇。

　　梧桐树下，人群中，龙平推了推墨镜。

　　"听警察说，死了两三天了。"一个人说。

　　"不可能，依照我的经验，死了起码三四天了。"另一个说完，吸了吸鼻子，不小心吸出了鼻涕，"我有鼻炎，照样闻得清清楚楚。"

　　几个手拿香巾的广场舞大妈描眉画眼，脸像调色盘似的七嘴八舌，"啊呀，走吧，不然，咱们身上的演出服沾了臭味，洗都洗不掉了。"

　　一听这个，其他几个大妈赶忙挥着粉色的扇子跑开了。立刻，劣质香粉和恶臭的味道混着燥热的空气，扑面而来。

　　龙平忍不住要呕吐。他踮脚往院子方向看，院门口围了警戒线，很多媒体记者都在翘首张望。警戒线边上，一个花臂大汉像说书人一样绘声绘色，四周围满看客。

　　一个人喊："花爷，怎么不说了？什么意思，故意吊我们胃口呢。"

　　花爷骂了句，张牙舞爪，胡乱比划，立刻被看客打断。

　　"长话短说。"那人说。

　　"爱听不听。"

　　龙平正聚精会神听花爷白话，有人拍拍他的肩膀。

　　一回头，见是一个年轻的警察。

　　此人正是小邢。

"安哥。"小邢说。

花爷原本正张牙舞爪，看到龙平，愣了一下。

"神探来了。"他说。

众人纷纷循着花爷的视线，看龙平。

"怎么戴上口罩了？"小邢问。

龙平这才确定警察在和自己说话。

"感冒了。"龙平说。

"是不是因为刚才……"

龙平赶忙点头："是。"

说完，转身要走，不料身后的人群已坚硬如墙，密不透风。

"换衣服了？"小邢说。

"啊，我先走了。"龙平说。

"别，正想找你呢。"

龙平往四下看，自己和小邢已被人群团团围住。

"大家让一下。"小邢说着，分开人群，往警戒线方向走。龙平正欲回身，被小邢拉了一把。小邢脸上，闪过一丝疑惑。

"安哥，走啊。"小邢说。

龙平只好跟着小邢，过了警方的警戒线。

一股巨大的恶臭袭来，龙平干呕起来。小邢一脸尴尬，左右为难。

"不舒服？"

"有点。"

"刚才我们头儿来了，想找你问个事情，结果你走了。现在好了。"小邢穿过院子中央，更大的恶臭袭来，龙平看到了倒在屋里的腐尸，虽然已经膨大腐烂，但仍一眼认出那件花格子衬衫，正是自己买给王小海的，龙平也有一件。以前，两人经常穿着同样的花格子衬衫，令所有村民侧目。

"朱队。"小邢说。

一个瘦瘦高高的警察回过身来。看了龙平一眼，吃了一惊。

"他就是安全。"小邢说。

"谢谢你。"朱队说，"听小邢说了整个情况，真让我佩服您的业务能力。"

龙平笑了笑，躲开了朱队的视线。

朱队把小邢叫到一边，比划着什么。小邢则看一眼龙平，然后比划着证件大小的一个东西。朱队点头，低头看看手机，对照着龙平，看了几次，表情放松下来，像是终于放心的样子。

这时候，有两个人抬着鼓鼓囊囊的尸袋，出现在小屋门口，一步步往外挪。恶臭扑鼻，令人窒息，仿佛这个小院成了阿鼻地狱。

这时候，有一个女警经过，手拿一个大相框，里面是王小海的照片。王小海正咧着嘴，冲龙平傻笑。突然，抬尸的人被尸袋绊了一跤，险些摔倒，他一松手，尸袋落地，腐尸滚了出来。

龙平呕吐不止。

龙平去了趟方美上班的发廊，在半山坡处，拾级而上，拐个弯就是。

大美发廊门口，娟儿正蹲在那儿，露着两条大长腿，在逗一只流浪猫。

周围，腿影幢幢，来去匆匆。

龙平站在门口时，娟儿抬起头，脑门上现出抬头纹。

"奇哥。"娟儿叫。

方美当着大家的面叫龙平"奇哥"。

"干吗呢？"龙平问。

"鼓捣猫呢。"

"鼓捣它干吗？"

"闲得，痒痒。"娟儿笑着站起来。

娟儿是小平胸，虽然穿低胸，但仍不见胸。

她并紧细腿，踮起脚，四下看，鼻子闻了闻，看着远处一辆环卫车的影子。

"臭味还没散。"她说。

看龙平时，紧皱的眉头立刻舒展。

"奇哥，找美子？"

"嗯。刚回去，发现她没在家。"龙平说着，看看周围，"我出门忘带钥匙了。"

两个路人走过去，转回身，眼睛钩在娟儿的超短裙上。

娟儿瞪那俩人一眼，俩人狼狈逃窜。

"墨镜戴着够酷的。"娟儿由衷地赞美。

"谢谢。"

"在这儿待几天？"

"两天。"

"美子真有福气。"娟儿说。

龙平摸出烟，要点。

娟儿抢了过去。"奇哥，哪天你也给我介绍个大老板、小老板什么的，把我也包出去得了。"

"美子呢？"龙平问。

"陪张老板的朋友高主任喝茶呢。"娟儿说着，转身往里看看。

里面人影闪动。

"估计差不多了。"娟儿自言自语，细骨伶仃地站在那里，吐烟圈。

那只流浪猫又过来，蹭娟儿的脚踝。

"流氓猫。"娟儿笑。

"我跟帅哥说话，你也吃醋了？小样儿。"

正说着，方美推门出来。一脸开心的样子。

"奇哥。"她说，看龙平，又看娟儿，"干吗呢，又跟这猫干上了。哪天你嫁给它得了，招财。"

娟儿呵呵笑了。

"忌妒吧你。"娟儿说着，走开了，"我要是有像奇哥这么帅、这么有钱的男朋友，我早就那啥了。"

说着，轻轻踢了脚那只肥猫。

肥猫"喵呜"一声，想要离开，又有些不舍，用怨怒的目光看着娟儿，咕噜了一句，又看看龙平。

"行了，别贫了。赶紧回屋，老板找你。"方美说着，拢了拢头发。

她晃了晃手上的白色 iPhone，看着龙平，笑了，面带羞涩。

"你这边什么时候完事？"龙平问。

方美看看身后，有些迟疑。玻璃门上，映着方美妖娆的后身。她对着玻璃门踮一踮脚，屁股翘了翘，转过脸来，看龙平，有些不好意思。

"呵呵，又胖了。"她说。

"什么时候完事？"

"光顾臭美了。"方美说。

这时，娟儿出现在玻璃门后，看着门外龙平的脸和方美的背影。

龙平看到娟儿冲自己做了个手势，然后指指方美。

"娟儿找你呢。"龙平说。

方美转头。娟儿又比划一下。

方美点点头，转过脸，笑脸相迎。

"龙哥，张老板找我。"说着，她摸出家门钥匙，然后嗅了嗅，"怎么这么臭？"

"你也闻出来了？"

"很明显啊。你去哪儿了？"

龙平接过钥匙。

"王小海死了。"龙平说，"回去再说。"

方美看着龙平，有些呆。

"完事儿以后，赶紧回家，收拾东西走人。"

安全看了下表，该去接安红了。今天下午放学早，所以要提前接。昨天接安红时，班主任肖老师临时通知的安全。昨晚因为心中不快，忘了跟金兰说了。这么一想，条件反射般，拨了金兰的电话。金兰关机。

安全给家里打电话，家里的电话无人接听。

过了会儿，又打一遍。

没有人接。安全给金兰单位打。

电话响了半天，终于有人接了。

"金兰在么？"

"兰姐啊，兰姐早上请假了。"

"怎么了？"

"哦，"电话那头的小姑娘愣了下，像是想起什么，"唉，是安大哥吧？"

"是。"

"我是小乔，我说听声音怎么这么熟啊。"

"呵呵。"

"兰姐说你们家红红生病了，要去医院，请了半天假。"说到这，小姑娘问，"安大哥，你不知道这事啊？"

"知道。"安全说，"我一大早出现场了，没顾上送红红去医院。这不，我想问孩子的情况，可联系不上你兰姐了，她手机关机。"

安全看看周围。周围一切像是死水，缓慢流动。

"要不这样，等她来了，我跟她说。"

安全赶忙说："不用，她给我打电话了，不好意思，我先挂了。"

挂掉电话，安全站在街中间，一脸迷惘。

第五章

龙平光着膀子，看上去很结实，也很健康，像是一匹野马。

方美在镜子前抹泪，似乎仍不相信王小海已经死了。

厕所的大盆里、洗衣机里，塞满了龙平的旧衣服。

龙平试了下水龙头，没有水。

"停水了。"方美说。

"光换衣服没用。"龙平说，他赤裸着上身，站在窗边抽烟。

"好多了。"方美光着身子起来，坐在那，从床头柜上摸过烟，一边抽，一边看着龙平。

龙平的后背很结实。

方美的胸有点垂了。意识到这点，方美赶忙把单子往上掖了掖。

"咱们怎么办？"方美说。

"王小海也被他们弄死了，我只能杀了大鬼二鬼，为所有人报仇。"

方美刚要说话，被龙平打断了。

"我去碧波洗个澡，身上臭死了。"他说。

窗外，喧嚣涌入，车流人声，好一个繁华世界。

安全给童湘打了个电话。童湘是局里的一个小警察，人长得不难看。以前童家和安家在一个大院子里住，两人差了七八岁，小的时候，童湘总爱跟在安全屁股后。情窦初开时，她也曾经找安全表白过。但那时，安父刚刚通过杜润生把金兰介绍给安全。安全和金兰很快闪婚。

"童湘，是我，安全。"

"知道，安哥，说吧。"

"今天在局里么？"

"在，一直在。"童湘声音沙哑。

"上午忙么？"

童湘顿了下。"稍等啊。"她说。

这时，电话那边传来秦勇的声音："谁啊，童湘，是男朋友给你打电话吧？"

"我表哥。"童湘说，"就知道男朋友，让你们介绍，没一个能见真章的，光说不练。"

电话那边，秦勇的嘻哈声远去。

童湘的声音响起来。

"安哥，说吧。"

"上午你见着我爸么？"

"我没见着。"童湘说，"听秦勇他们说，你家老爷子没来上班。"

第六章

　　安全穿过广场，又过了两条街，远远看到了大新商场的影子。太阳很亮，像大地舞台上的追光灯，追逐着安全的脚步。安全加快步伐，脚踩小小的圆圆的影子，匆匆前行。

　　橱窗玻璃，镜子似的映照着商场外的一切。安全发现，一个背着吉他包的栗色头发的年轻人，正从自己身后匆忙走过。

　　儿童区商品琳琅满目。到处是孩子们的欢叫，充满活力。

　　"女孩？"售货员笑着问了句，然后说，"女孩都爱娃娃。"

　　货架上是各式各样的洋娃娃。安全应接不暇。

　　都挺贵的，安全心里说。然后用鼻子悄悄嗅了嗅，担心售货员姑娘闻到什么异味。售货员姑娘清秀可人，带着职业的热情微笑，也许，即使在刀山火海，她也会保持这个笑脸的。

　　"就这个吧。"安全指指一个黑色头发、中国面孔的芭比娃娃。

"木兰。"售货员姑娘说。

"挺好。"安全说，下意识看了看价签，"真贵。"

姑娘笑了，没说话。

"有生日贺卡么？"安全问。

回到车里，安全一笔一画，给女儿写着生日贺卡。

远处树荫下的草坪上，几只胖胖的喜鹊大摇大摆，来回踱步。

车里，异味渐浓，仿佛某种灾难，正四面袭来。

安全低头给女儿写贺卡的时候，龙平到了银行广场附近。警车少了两辆，广场中心的那辆仍在。周围人很多，摩托车不停驶过，发出突突突的轰鸣。

两个保安迎了过来，看着龙平，警觉地低语。

"请问你是来存钱的还是取钱的？"一个保安说。

"我是路过的。"

龙平说着，侧身而过。

身后，传来保安的悄声议论，但听不清楚。

回头看，两个保安正拿着一张揉皱的白纸，其中一个，指着龙平这边。

龙平钻入一处巷子后，便飞快奔跑，大街小巷穿梭之后，停在了一处街角，微微带喘。

有个老太太坐在树荫下，面前放一个铁笼子，里面圈着几只鸡，正神情紧张地四下张望。

见到龙平，愣了下，仿佛他是警察，或者城管。

"大娘，就一个人？"龙平靠近了老太太。

老太太一脸沧桑，满是皱纹，小心翼翼打量着他。

"我这几只鸡，是自己家养的。"

"卖么？多少钱一只？"

老太太眼中闪过一丝惊恐，两手紧紧抓住铁笼，脸转向一边。

"我不是坏人。"龙平说。

老人家的脸转了过来，龙平递过去一支烟。老太太表情疑惑，紧张地摇头。

龙平把烟递到了老人手里，摸出打火机，给老人家点着。

"儿子呢？"龙平问。

似乎这话问到了老人的痛处，老人眼睛红红的，没说话，目光散漫，看着街上如鱼群般游荡的人们。

龙平起身，离开，沿巷子边的小街，灵活穿行，最后，从一个巷口出来，对面是碧波洗浴。

碧波洗浴门口，有只鸡在狂奔。

龙平刚到门口，巷子里又窜出两只。三只鸡前后左右排开阵势，奔向撒落一地的爆米花。

"大哥，洗洗？"门口的是个胖小弟，大概十八九岁的样子，脸蛋下垂，眯着小眼，眼角上吊。

"哦。"龙平压低声音。

"找个妹子按摩下吧。"胖小弟脖子上挂了条镀金的粗链子，被汗浸湿处有点生锈。

"搓澡的，有么？"

"有，哥。"

胖小弟一脸笑意，把龙平引到了里面。在靠里的一排衣柜前，停下。

"没别的了？"

"柜子全满了，哥。"胖小弟一脸得意。

"大白天，全满了，吹呢吧。"

胖小弟眯起眼睛笑了，掩饰不住内心的喜悦。

"最近刚来一批鲜货，而且都是尖儿货。"他指指外面，"八折大酬宾，仅剩两天，客人多，很正常，谁不喜欢尝鲜呢，你说是不是，哥？"

"还有没有更僻静点的地方？"

胖小弟一脸坏笑。

"你是警察……同志吧？"

龙平表情严肃。

"哥，逗你呢，真没了。"胖小弟低头，拉开柜门，"哥，你看，多好。"

他又拽了下旁边的柜门，开了。

"不瞒你说，就这俩了，真的。"

龙平拉了下旁边的柜门，关上，又拉开。

"没锁，坏了。"

胖小弟拉开柜门，柜门后面，插销没了。

"哥，销子没了。关上，从外面看不出来，和锁好的没两样。"

"那个呢？"龙平指指旁边的柜门。

"一个样。"胖小弟嬉皮笑脸，说，"孪生兄弟，一模一样，销子也没了。"

见龙平犹豫，胖小弟指指挂了把锁的那个。

"哥，兄弟建议你还是用这个柜子，好歹外面挂了把铁将军，挺唬人。"

龙平想了想，转身往门口方向看。

门口柜台边，一个瘦瘦的小伙子瘸着腿，来回走，然后回到电脑旁，低头摆弄电脑。

"您放心，一定专门帮您看着，VIP 总统级待遇。"胖小弟说，"您踏踏实实，洗好。"

龙平对着柜子脱衣服。

身后传来胖小弟的大嗓门："瘸子！黄毛怎么还没来？"

瘸子回答："我怎么知道？我还想赶紧回家呢，困死我了。"

"你再替我盯会儿。"胖小弟说。

"你会女朋友，我替你干活？"瘸子说，"除了黄毛，还有谁这么傻？"

十几分钟后，安全也出现在碧波洗浴门前，俯身，拍打裤腿上的泥土。

门口，胖小弟已经骑在了电动车上，戴着头盔，并没看到安全。

一个染着黄毛的十八九岁的小伙子站在门口，他颧骨很高。

"说好了，我就替你一个小时，最多。"

"最少。"胖小弟头也不回。

"操，一个小时，够你打一百发炮弹了，你个十三秒太郎。"

胖小弟骑电动车走了。

"到点儿你不回来，我他妈就走！"黄毛说。

见胖小弟的电动车消失在车流人群里，黄毛扫一眼过路的美女，扭头回屋。

安全犹豫了一下。

前台，黄毛正聚精会神地打手机游戏，手忙脚乱。

安全进门，黄毛头也不抬。

他耳朵上扎着耳环，细瘦的胳膊上刺着个曲里拐弯的图案，说蛇不像蛇，说龙不像龙。

安全咳嗽一声。黄毛抬头，咧着大嘴笑。

"哥，等会儿，这关马上过，让我打两分钟。"

安全站在那儿，看大厅里的陈设。墙上，是廉价的希腊裸体画仿制品，因时间久远和潮湿，上面布满了霉菌。

"操，又没过去！"黄毛说。

把手机一丢。

"哥，按摩一下吧。"

"洗澡。"

"我们这有几个，那啥，新来的。"

"什么？"

"哥，你考我，一看你就……"黄毛狡黠地笑。

带安全去衣柜时，黄毛突然想起什么。

"哥，柜子满了。"黄毛说，"客人多，刚才光顾打游戏，忘了。"

"一个都没有了？"

"没了。"黄毛嘴咧得很大，"刚不跟您说了么，有新人，咱村来新人了。所以，满员。"

安全摸了一把额头，身上已经全是油汗。

"哥，你要是不在意，这里有一个。"黄毛领安全进到靠里的位置，拉开了一个柜子，里面是龙平的衣服。

"我操，错了。"黄毛说，赶忙拉开旁边柜子，空的。

"就剩这个了。"

安全看看，说："这不挺好，还说没有了。"

"哥，看是看不出来毛病。"黄毛把柜门拉开到最大。

"你看这儿，销子没了，暗锁不好使。不过，关上后，一点都看不出来。"

安全犹豫。"算了吧。"

"哥，你是不是怕不安全？"

"你说呢。"

"没事。我帮你看着，放心。"黄毛说，"我就在那边接待台，一眼能瞅到这柜子，我给你盯着不行么？又不多收你钱。"

黄毛夸张地在安全眼前晃了晃。

"哥，记住你长相了，放心吧，没跑。"

"算了。"安全转身，准备离开。

"别走，哥。"黄毛说，"为了我的奖金，我得伺候好您。"

黄毛一脸夸张的表情。安全这才发现，他的额头上有一个短短的刀疤。见安全盯着自己，他甩了甩头发，又拢了拢，挡住疤痕。

"哥，跟我来。"他说。

"干吗？"

转眼间，黄毛已经到了一个崭新的柜子前。

"这柜子，新的，我存了个私心，偷占了一格。"黄毛说着，拍拍胸脯，挺了挺肚子，脸上写满仗义，"我把我的衣服放到那个破柜子，你的，放这里。"

安全打量了一下柜门上的锁。

"明锁。"安全说。

"哟，哥，你可真够小心的，公务员？"

安全不悦。

"这年头儿，只有你们公务员最胆小。"说完，黄毛咧嘴大笑，露出两排黄牙，"你一百个放心，看，新锁，你把衣服放这儿，我给你锁上，没跑。"

"钥匙给我。"

"这个不行。钥匙都捆在一起了。"说着，黄毛变戏法似的从身后拿出一大串钥匙，晃了晃。看上去像是刚刚越狱的逃犯，手拿抢来的钥匙。

"钥匙我帮你拿着，"黄毛说，"我认得你，一会儿出来，我指定给你开门。"

安全犹豫，摸了摸裤兜。

"哥，换完衣服，叫我。"黄毛继续玩手机游戏，"我给你锁门。"

脱衣服的时候,安全右臀上的胎记清晰可见。

龙平打了个盹,醒了,发现自己在休息大厅。一看表,赶忙起身,下楼。

穿过走廊,一个房间里传来吵闹声。

"大哥,我也是出来打工的,挣钱不容易,辛苦钱,手都酸了。"

龙平到了楼梯口。身后,房间门开了。

"哥,你身上的东西,我又做不了主,是吧?"一个女人的声音。

门重重关上。

屋里传来含混不清的抱怨声。

龙平笑,来到一楼。

衣柜门拉开一半,有人喊:"别。"

紧接着,黄毛跳到他面前。"哥,下来了?这么快!"

龙平愣了下:"哦。"

"别人的东西,别动。"黄毛笑,"别介意,善意提醒。"

龙平打量着黄毛。

黄毛挥手,做了个带路的姿势。"跟我来。"

龙平没动,黄毛已走远。

"哥,跟你说,我一直帮你盯着呢。"黄毛手脚麻利,来到新柜子前,手里的钥匙晃得哗啦啦直响。没等龙平反应过来,柜门已经打开。

龙平跟过来，站在刚刚打开的柜门前。

柜子里塞得满满的，衣服都很新。

"哥，看少不少？"

龙平看柜子里的东西：裤兜鼓鼓的，看形状，像是枪把。

龙平一笑，没说话。

"哎呀，哥，你太深沉了，像梁朝伟。"

"东西没少。"他说，"还多了。"

"这幽默，够冷。"

"谢谢你，小兄弟。"龙平说。

"没事儿，我的亲哥。"

黄毛哼着歌，离开。这时，他手机响了，手机铃声是重摇滚。

"操，你什么时候回来，还没打完炮？再不回来，老子走了。"黄毛声音很大。

龙平四下看，没有人，从柜子里拽出裤子，往裤兜里一摸，是枪，拿出来一看，九二式。龙平一脸惊奇，悄悄环顾四周。

黄毛正照镜子，欢天喜地。摇滚声中，就听他"喂、喂"几声，然后回头对龙平说："哥，快点穿。一会儿老板到，他不让我们把员工的柜子借给客人。"

龙平应了声，匆忙一试，很合身，还有鞋，耐克的，最新款。

他往接待台方向看，黄毛正在低头看什么，全神贯注。

龙平掂了掂手里的枪。"好枪。"他自语道。

楼上似有脚步声。龙平回头看，楼梯口无人。

他慌忙去拿上衣，有东西掉出来，落到地上。

龙平手有些抖。打开警察证，抖得更厉害。

上面的照片，和自己一样。上面的名字，似曾相识：安全。

楼梯口，重重的响声。

循声看去，一个肚皮上纹着弥勒佛的男子腆着肚子往下走，边走边看龙平。

龙平赶忙穿好上衣。

弥勒佛走过来，在龙平旁边停下，看着一个柜子，愣了半天，低声"操"了句。

"忘拿手机了。"他说。

然后抱着肚子，一步一喘地爬楼。

龙平摸摸左边裤兜，是一把车钥匙。

这时候，楼上再次传来脚步声，熟悉而陌生。龙平赶忙往存放自己衣服的柜子走。

"哥，那是别人的柜子！"黄毛喊。

龙平站住了，一愣。

楼梯口有人大喊："住手，怎么穿我的衣服！"

龙平扭脸一看，是安全。

黄毛傻了，看龙平，又看安全，脸忽左忽右，像看乒乓球对攻。

"妈呀，双胞胎啊。"他说。

安全光着身子，一跃，跳了下来。

"我是警察！"他说。

龙平本能地逃跑，与低头进门的胖小弟撞了个满怀，胖小弟摔倒在地。

龙平狸猫似的，破门而出，钻入巷子，灵巧地翻墙而过，瞬间消失得无影无踪。

第七章

　　后来街上出现了如下一幕：警察安全穿着杀人犯龙平的衣服，衣衫不整，举着龙平的仿五四式手枪，冲出碧波洗浴，拦住一个胖子比比划划，像是在描述一个人的模样。

　　胖子一脸恐惧，胡乱指了指铁索桥方向。

　　安全从银行广场边冲过去，往铁索桥方向跑，追逐每一个体型与自己相像的人。

　　银行广场上一片混乱。

　　很多拿照相机和摄像机的人如从天降。在所有人的镜头中，一个中年男人举着枪，疯狂追逐铁索桥上每一个像在逃跑的人，边跑边喊："看见一个和我长得一样的人了么？"

　　从高楼俯瞰下去，有几个穿便衣的人围了过去。

　　安全一手握枪，一手习惯性掏兜："我是警察。"

　　有人开枪，现场一片混乱。

　　铁索桥晃动，安全险些被甩出去。

　　一处矮楼的楼顶，现出冷冷的枪口。

枪声。

安全坠落桥下。

像一只鸟，冲向万丈深渊。深渊尽头，是咆哮的怒河。

龙平翻墙上房，跑出来很远，气喘吁吁，仍不敢停下。刚才与另一个自己的惊鸿一瞥，让他如做大梦。他在铁道路基上疾行，身后，铁索桥方向，响起枪声。

他站住，像大梦初醒。

四周一片荒凉，透过高高的荒草，隐约可见远方铁索桥的一角。周围没有人，烈日当空。龙平浑身湿透，像是水洗过一般。他稳稳心神，像常人一样，放慢脚步，边走边从兜里摸出证件。

证件上的人，长得和自己一模一样。

龙平坐在铁道边。

列车疾驰而过。大地震荡。

龙平愣愣的，仍没从梦境中醒来。

这时，手机响了，来电的是"老婆"。

龙平没接。

空气像是着了火，烈烈风中，有蒲公英似的东西在空中飞舞，看上去像虚幻一般，这些飞舞的精灵，凝结成云，没入到高天白云之上。

龙平悄悄地回到银行附近。远处，碧波洗浴门口，有两辆警车，警灯频闪，两个警察正和黄毛说话，黄毛边说边比划，眉飞色舞。

龙平不动声色，低头往银行广场走，广场上人山人海。

想到自己的手机还在那个叫安全的警察身上，或者仍在碧波洗浴，龙平开始为方美担心。

他赶忙低头走开，钻入窄巷。

走出很远，仍能听到警车声，于是他躲在暗处，等警车声过去，才再次出来。

穿过马路时，一辆电视台转播车疾驰而来，险些撞上他。

这时，有两个警察从小巷里走出来。龙平慌不择路，躲进了鸿运麻将馆。

鸿运的领班刚要阻拦，龙平拿出警察证。

"执行任务，借用下你们的房间。"

领班如释重负。

"什么样的房间？"

"二楼，临街，带窗。"

领班笑了，牙很白。"懂了。"

龙平表情平静。

"带路。"他说。

跟随领班，沿着走廊往里走。两边屋子里传来稀里哗啦的麻将声，还有嘻嘻哈哈的吵闹声。

二楼房间宽敞明亮，墙上嵌着液晶电视，窗外是街道的喧闹声。

"这间房三小时后有客人预订。"领班说。

"我懂。"

"这间是新装的，豪华。"

龙平冲他挥了挥手。领班微笑着退下。

靠在沙发床上，龙平回想刚才的一切。到目前为止，似乎一切还好。

他摸过遥控器，将电视调到了《浮云新闻》。一个短发女记者正做现场直播，满脸兴奋。"罪大恶极的龙门镇龙门村持枪杀人嫌犯龙平，在浮云镇被我警方击毙。这是警方在几天周密部署后取得的重大成果。下面，我们请王警官介绍一下具体情况。"

王警官有些腼腆，犹豫不决。旁边打出了字幕：龙门派出所，民警王忠新。

女记者循循善诱。"能详细说说么，王警官？"

"我们这两天一直在各大重点地区蹲守，犯罪嫌疑人一直没露面。直到今天下午，我们得到一条消息……"

"哪来的消息？"

"这个，这个不能说了。有群众举报，说在浮云镇银行广场看到了嫌疑人，我们及时重新部署……"

"你是怎么发现犯罪嫌疑人的呢？"

"犯罪嫌疑人非常疯狂，在铁索桥上持枪威胁群众，并欲实施抢劫。为避免对人民群众生命和财产造成更大的损失，警方果断将其击毙，制止犯罪。"

女记者脸上，洋溢着崇拜的表情。

"多么惊心动魄的场面啊！在浮云镇，英勇的人民警察成功击毙龙门特大持枪杀人案的犯罪嫌疑人，确保一方平安，做了件大好事。"

王警官有些害羞。

"犯罪嫌疑人中枪落入怒河，请问是怎样确认死者身份的？"

王警官拿出一个钱包，在镜头前晃了晃。

"这是嫌犯持枪威胁群众时掉落的，里面有他的身份证件。"

手机又响了，显示是"父亲"。

龙平没接，手机响了老半天，最后停了。

龙平点了支烟，默默地抽，迅速盘算可能发生的一切。

手机再响时，龙平接了。

安父像是非常意外："安全么，你没事吧？"

龙平"嗯"了一声。

"在哪儿呢？"安父说。

"外面。"龙平说完，笑了。

安父在电话那边沉默了，似乎若有所思。

第八章

趁夜幕降临，龙平手拿车钥匙，在银行广场附近的停车场游荡。很快，一台白色桑塔纳像是一条白犬听到了主人的召唤，发出欢快的叫声。

龙平坐到车里，车里弥漫着烟的味道。旁边副驾驶的地上，丢着几个瘪了的啤酒易拉罐。后座位上，放了一个芭比娃娃。娃娃旁边，还有一张生日卡，半开着，隐约可见里面的字迹。

龙平伸手抓过生日贺卡，又拿过来芭比娃娃，上下翻看了一番，丢在副驾驶座上。

生日贺卡上的字很简单：红红，我亲爱的女儿，生日快乐！爱你的爸爸，安全。

龙平摇下窗玻璃，看夜幕下的小区。

怒河涛声涌动。不远处，银行广场霓虹闪烁，孩子们清脆的笑声远远传来。

空气闷湿，暴雨将至。

一辆警车从银行前驶过，红蓝警灯交替闪烁。

龙平在车里收拾安全的东西：驾照、行驶本、停车证、通行证和过路费发票。

椅子下面，找到了一张揉皱的纸，上面是一个光头的照片，水光溜滑的胖脸被揉得皱皱巴巴，像个委屈的老头子。

停车场上空，最后一点月光被乌云遮住。

方美倚窗而立，看着天空中浮云遮月，轻叹一口气。

这时，有人敲门。

"谁啊？"方美拉上窗帘，披衣起身。

外面，没人应声。

方美警觉地四下张望，敲门声越来越响。

就在这时，手机响了。

一个陌生的号码。

犹豫再三，方美接通电话。

"喂，"一个陌生的男人，"你是方美吧？"

"啊，是。"

手机里古板男人的声音在门外咆哮。

"开门！"

车里杂乱无章。在副驾驶座前的杂物箱最底层，有个破旧的小本子，包着个褐色的人造革书皮，皱皱巴巴，看上去很不起眼。龙平打开，翻了翻，上面记了些奇怪的符号，像文字，又像是图画，看上去像是很重要的样子。龙平翻来覆去看了几遍，也没理出个头绪。

他把小本子塞到兜里，驱车驶离。

车经过方美家时，减速。

远远地，警灯闪烁。

龙平没有犹豫，把车开到一处僻静的巷子，停下。

远处，一家宅院的门口，挂了两个红灯笼。

像是某个历史场景。

方美蹲在地上，周围全是人，围了一圈，高矮胖瘦，各具情态。

方美像是被围剿的猎物。

"龙平是不是你男朋友？"

方美抬头，看说话的人。

"大哥，腿都麻了，让我坐着说行么？我又跑不了。"

"你说了算还是我说了算啊？"

方美低头。

"你说了算。"

"问你话呢，别拖延时间！"

中年寸头紧皱眉头，喊了一嗓子。

"说，龙平是不是你男朋友？"

"他怎么了，又喝醉酒打人了？"

"废什么话啊你！问什么答什么，听见没？"

"听见了。"

"龙平是不是你男朋友？"

"不是。"方美说，"是朋友。"

"到底是男朋友还是普通朋友？"

"警官，是普通同学。真的，不骗你。"方美说，"我是美发的，他能看得起我？我们不是一个阶级。"

一听到"阶级"，中年寸头乐了。

"你什么阶级，他什么阶级？"

"我，就一个洗头妹，啥阶级也轮不上我，比最底层还要靠下，是不是，哥？"

"别说废话，接着说。"

"说完了。"

有人踢了方美屁股一脚。

"再耍花样，信不信我们有的是办法？"

"信。"

"龙平，干什么的？"

"他当过兵，武警。"

"胡说八道。"其中一个警察打断了方美，"他也配叫军人？"

"所以当了几年就回来了。"方美说，"部队也看出来他不是块材料。"

"别油嘴滑舌。"

"后来回村，没人搭理他。"

"说点我们不知道的。"

"去深圳了，给一个老板当保姆，不对，是保镖。对了，还兼着保安队队长。"说到这里，方美打量着那个像是头儿

64

的平头矮个子。

"这个你知道吧？"她问。

"接着说。"

"然后，他去伊拉克了。"方美说，"给各种老板当保镖，他们在那里有大生意。对了，有一次还保护过比大使低一个档次的人。"

"二使。"一个便衣说。

"你脑袋进屎了？"平头矮个子骂了句。

"然后呢？"他接着问。

"然后回来，他就是老板了。"方美说，"和我不是一个阶级了。"

"啥老板？"

"做运输的。我也是听别人说的，对，听我娘说的。我娘原来在龙门村，后来嫁到邻村的，所以，在龙门村，她还有几个线人。"

"知道什么是线人么？瞎说八道。"

方美蹲着，原地倒了倒脚。"脚都麻死了。"

"知不知道，他杀了人？"

方美一脸吃惊。

"真不知道，不可能。"方美说，"他胆子特小。"

"你怎么知道？"寸头挠了挠坚硬的头发茬子。

"杀鸡都不敢。"方美说，"小学毕业那年，我娘让他帮着杀鸡，他腿都抖，往后躲。好容易杀了一下，结果那只鸡跑了一千多米，才给追回来。"

屋里，几个人正翻箱倒柜。

有人拿走方美的笔记本电脑。

"电脑我还用呢。"方美无望地挥挥手。

"暂时不行。"

中年寸头拉过椅子，坐下。

"冰箱里有没有喝的？"

"我给你拿。"说着，方美起身。

"蹲下，谁让你站起来了？"说着，寸头挥挥手："小钱，看冰箱里有喝的么。"

小钱赶忙去找。

"借你点水喝，到时候还给你。"

"不用还。"方美说，"随便拿。"

"你们怎么认识的？"

"我问你们个问题行么？"

一个小年轻刚要发作，中年寸头制止了他，点点头："问吧。"

"你们是警察么？"

龙平靠在车座上，闭上了眼睛。

沉吟片刻，他拿出安全的警察证。警察证上的安全，正看着自己。

龙平抬头，调了调后视镜。

里面，映出一张脸，和安全一模一样。

几分钟后，龙平开车，出巷子，沿平安大道，拐入一条网吧密集的窄街。

前面，是一排闪烁的网吧招牌。

面馆的灯箱因为有灯管坏了，时明时暗，苍白的光，映在龙平的脸上。

"他有枪，知道么？"寸头拿一听可乐，边喝边问。

方美坐在跟前的小圆凳子上，低着头，头发散乱。

"大哥，我真不知道。"

"谁是你大哥？"

"警察师傅，我真不知道。你想想，我啥也不懂，就知道淘宝买便宜鞋买便宜包还有……山寨衣裳，除了这个，什么都不知道。"

寸头打量着方美，一脸将信将疑。

"真的，我就是个傻子，比傻子都傻。"方美说，"我爸我妈早放弃我了。"

"他今天给你打电话了么？"

方美沉默。

"别装蒜，快着点，麻利利的。"

"打了。"

"说什么？"

"说今天要回家。"

"哪个家？"

"他不告诉我。"

"他今天最后一个电话，说的什么？"

方美抬头瞥了眼寸头。

"我想想啊。"

"对了，他说，他得走了。我说，要不待一阵再走，他说有急事。"

"什么急事？"

"这个没说。"

"你没问？"

"没敢问。他对我特凶，惹不起他。"

"为什么？"

"他是有钱人。"

龙平开车，驶往龙城方向。

龙城离浮云镇一百多公里，距山城两百公里。一路上，高山险峻，深谷幽长，远山之间，已经可见闪电。

"还没到龙城？"安父几次打来电话。

龙平说："路上呢。"

"你是不是又喝酒了？"安父说。

"喝了。"

"我说你怎么糊里糊涂的。"

龙平大笑。

"再这么喝下去，你就彻底废了。"安父说。

龙平挂了电话。车经过一个烟酒店时，他紧急刹车。

龙平买了一瓶白酒，带在身上。

远处，一片灯光的海洋。雨幕中，龙城像一头匍匐的怪兽，从暗夜中渐渐显现。

一段模糊的视频出现在方美眼前。

　　方美晕了一下。

　　视频中，安全从铁索桥坠落。

　　方美昏倒。

　　醒的时候，已在派出所里。

　　"这是哪儿？"她说。

　　"甭问。"

　　屋里的灯贼亮，照得人意识模糊。

　　"问什么回答什么。"

　　"嗯。"

　　方美头发散乱，脸发青。

　　"被击毙的是不是你男友？"

　　"我能看看真人么？"

　　"别废话！"

　　"视频不清楚。"

　　"回答我的问题！"

　　"真不是我男友。他以前是我的同学，现在是我一个客户。"方美说，"和别的客户不一样。"

　　"怎么不一样？"

　　"别的客人抠门，他，特大方。"

　　"没问你这个。"

　　方美低头，绞着手指。

　　"你确定，他就是龙平？"那人问。

　　方美略一沉吟，点点头。

第九章

龙城，人民路。龙平把车斜停在路边树下。坐在车里，看着夜间空荡荡的街道，想到以后自己就成了这个城市的一员，他感觉像梦一样。

电闪雷鸣，暴雨如注。

龙平本想往肚里灌两口白酒，想了想，没喝，把酒洒到身上和车里。

车里一片酒气。

旁边，夜幕中，无数出租车往来穿行，仿佛死亡的精灵，游在深深的海底。

"你哪儿呢？"安父问，愤怒和失望像是冰雹，打在玻璃上，噼啪乱响。

"人民路，喝高了，我在车里睡会儿。"

然后，龙平伴装睡着。

无论电话里怎么喊，他都不再理会。

大约过了一小时，有车停在了旁边。雨已小了很多，霏霏细雨，似烟如雾。

来的是辆奔驰，龙平微睁双目。车停了以后，并没有人下来，而是在微雨中静默着，像一条沉默的大鱼。最终，这条大鱼喷出了高高的水柱。

车上，下来一女的，丰满妖娆。然后，一个老头下来，银白头发，精神矍铄。

一下车他就骂："你这个王八羔子，窝囊废。"到了驾驶室外，使劲拍打车窗。

女人一言不发，站在旁边。

老头开车，龙平斜靠在副驾驶座上，虚眯着眼，看眼前的路。

"你怎么越来越没出息了？安全啊安全，你太让我失望了。"

安父痰音很响地咳嗽。龙平微微睁眼，看自己这一侧的后视镜。

白色奔驰一路跟随。

雨越来越密，整个世界，像一片汪洋大海。

不觉间，车进了一个很大的院子。一栋两层的洋楼，出现在眼前。

周围沉寂，不知谁家的狗发出零星叫声，然后便像火星般灭了。

奔驰车停在龙平的右侧。

龙平歪着脑袋，虚眯着眼。洋楼边路灯的光，照在车身上。

奔驰里的女人一脸愠怒和轻蔑。

"你怎么回事啊你？"安父从车前面绕过来，指着龙平。

女人穿着件白外衣，站在那儿。

因为没开门，车窗也关着，所以，安父的话模糊不清。只见他在频繁地张嘴闭嘴，仿佛水下呼吸的鱼。

安父看一眼那女人："金兰，把他弄出来。"

女人一脸复杂的表情。

安父手很快，伸手拽门。副驾驶的门开了。龙平滚落在地。

安父忙伸手，抓住龙平胳膊。

龙平眯着眼睛看周围，小楼前面，有一个巨大的圆形水池，水池中间的假山上，水帘洞一般，小瀑布倾泻下来，在水池里溅起水花。借着昏黄的灯光，龙平看到了水池中密集游荡的锦鲤，发出"啪啪啪"的吹泡声，听上去神秘而魔幻。

小楼门口，出现了一个小女孩。

"爸爸。"女孩展开双臂，飞跑过来。

夜深人静。

龙平躺在床上，紧闭双眼，佯装熟睡。

房门虚掩，外面，金兰正和安父窃窃私语。

这时候，安红抱着芭比娃娃，出现在了安父和金兰面前。

"妈妈。"安红说。

"怎么了？"

"爸爸。"安红指了指虚掩的卧室门。

金兰示意安红小声，自己蹲下来，让安红伏到自己的耳边。

"小声说，宝贝。"

安红把芭比娃娃抱紧了一些。"我爸爸他……"

"他怎么了？"安父有些吃惊。

金兰示意安父小声。

"爸爸他，今天，有些吓人。"安红说。

安父舒了口气，表情放松很多。

"你爸爸喝醉了。"安父说，"醒了酒就好了。"

看着金兰把安红送回她的小卧室，安父扭脸看了一眼那扇虚掩的房门。房门里黑洞洞的，像一张大嘴，随时会张开，吞掉一切。

安父在客厅沙发上抽闷烟。这时候，金兰从楼梯下来，声音很轻。

"我也觉得他有点怪。"金兰说。

"那就看一看，他是不是真的。"

"什么意思？"

"很有可能死的是真安全。"安父说。

金兰愣愣地看着安父。

"你又杀人了？"她问。

安父不置可否。

"你去验一验，看他是不是安全。"

"怎么验？"

"胎记。"

"那东西在屁股上，怎么看？"金兰说，"我俩分居半年了。"

这时，安母出现在了楼梯口。金兰赶忙住嘴，一脸微笑，看着安母。

龙平睁开眼睛。窗纱上泛着银白色的光，屋里一片朦胧。有一只飞虫在暗夜飞翔，看不见影子，只能听到嗡嗡的声音。

外面，过道里，有人在说话，听声音是一男一女。

屋里很暗，门缝透过来微光。龙平悄悄起身，尽量不弄出声音，却不小心踢到了方凳。

安父缩手，金兰忙后退半步。

"安全，是你么？"安父问，声音很轻。

金兰低下头，往旁边走两步，坐在椅子上。

这时，门开了。龙平走出来。

"安全啊，酒醒过来了么？"安父一脸关心。

龙平醉汉般晃两步，险些摔倒，白衬衣上带着泥土和酒渍。

"我没事。"他说，含混不清。

晃动中，偷眼瞄了下金兰。

金兰穿浅色上衣，粉色薄裤，光着脚。

安父过来，架住龙平。安父的手粗壮有力，钳住了龙平的手腕。

"我去厕所。"龙平说。

"你屋里就有啊。"安父很诧异，看着龙平。

龙平愣了愣，看着安父。

"里面太黑。"他说。

安父无奈苦笑："越来越有本事了，你就不知道开灯？"

龙平没有理他，趔趄两步，抓住椅背，笨拙地绕到前面。

"你自己能行么？"安父打量他。

龙平抓住安父的手腕，紧紧的。

安父挣了几下，都没挣开。龙平一个趔趄，差点儿把安父带一个跟头。

"我要尿尿。"他说。

"你看你这个样，没出息。"安父埋怨道。

龙平腿脚像双桨一样快速滑动，身体仄歪着，随时都要倒下。

"金兰，带他去卫生间。"

"别管我。"龙平说。

话音未落，一个跟斗栽倒在地。

安父给金兰使了个眼色。

"我扶着你。"

龙平假装昏头昏脑，口齿不清。

安父看着他俩消失在拐角处。

一进卫生间门，龙平把金兰推了出来，关门。

金兰一个人出现在安父面前，摇头。

75

"没有？"安父一紧张。

"不让进。"

　　晚上，金兰靠近假装熟睡的龙平，想要扒下他的短裤，看看究竟。龙平做酣睡状，一脚把她蹬到了床下。

第十章

第二天早上醒来的时候，二楼已经没了人。龙平悄悄地沿着回廊走，推开一扇扇门，像是推开一个个世界。楼上有一间小书房，里面全是书画和古董，看上去古色古香。

安父和安母的卧室，宽敞明亮，床上的被子叠得方方正正，四棱见角，像是豆腐块。

此时，楼下，安父正和金兰说话。安父坐在餐桌前，金兰在帮张姨端盘子，一个个摆到桌上。

安母在厨房叫张姨，张姨应着，回到了房间。

"看见了么？"安父问。

"他不搭理我。"金兰说。

安父叹了口气。

"你以前不是这种反应。"金兰说。

龙平在楼上发愣时，下面传来了安父的喊声。

"安全，下来吃饭！"

龙平只好假装若无其事，下楼。

"来，小全，赶紧吃口饭。"安母说。

龙平推脱着，喝了口粥。安父在对面打量着他，像是要从他吃饭的样子中发现破绽。于是，龙平放下碗筷。

安父和金兰松了口气。安母有些心疼地看着龙平。这时候，张姨端着盘子过来了。

"刚刚热在微波炉里的辣子鸡丁，忘拿过来了。"

安父、金兰同时看龙平。安母则在给安红梳小辫。

龙平舀了一勺辣子鸡丁，就往嘴里塞。

安母也大吃一惊。捂了下嘴，不让自己发出声音。

安父和金兰对视了一下。

"你不是不爱吃辣么？"安父说。

"馋鸡肉了。"龙平说。

安父警觉起来。"来点白酒？"

龙平摇头："不喝。"说着，拿了听可乐打开，喝了下去。

这一切，都被安红看在了眼里。她挣脱了正给自己扎小辫的奶奶，上前，看着龙平，一本正经地说："爸爸，你不是从来就不吃鸡肉么？当然，不喝酒挺好，改了就好，提出表扬。"

车驶出别墅小院时，龙平靠在副驾驶座上，做昏睡状，注意着眼前的一切。

龙城比浮云镇繁华很多，早晨，整个城市像是缓缓启动的巨大机器，升腾着淡淡的曛气，弥漫着汽车尾气的味道。

经过政府大楼、青龙广场，龙平努力记录着一切。安父看了龙平一眼，他半闭着眼睛，昏昏欲睡。

"安全啊，你身上这味，真大。"

"晚上回去洗个澡就行。没事儿。"

"别回去洗了，"安父说，"我这有张金刚山的卡，咱爷俩去那里洗洗。"

"不去。"

"卡快过期了，不去可惜了，浪费钱。"

车到龙城公安局门口，龙平惊坐起来，清醒了很多。

有人和安父打招呼。

"安局，亲自开车送安队上班啊？"

"他昨晚上喝高了。今天好点了，非要我送。"安父一脸天下父母心的表情，"唉，没法，惯的。"

龙平表情严肃。安父停车，喊了声："郑义，帮帮忙，扶一把安全。"

一个国字脸小伙跑过来。

"安哥，不舒服就在家待着得了。"郑义说，"好好歇歇。"

"这话，可别让你爸听见。"安父语气严厉，表情和蔼，"赶紧让他穿上制服。"

郑义点头答应。

"安伯伯，我爸这两天一直念叨您呢。什么时候到我家去？我爸新入手了两瓶好酒。"

郑义扶龙平上楼。龙平观察楼里的人。

来来回回的，全是警察。从旁边经过时，有的会停下来，打量一下龙平。

"郑哥,安哥这是怎么了?气色不好。"

"昨儿喝多了。"郑义拽着龙平,"我说哥,你以前不这样啊,这是喝了多少啊?把自己喝成这样。"

从楼下到楼上,龙平没吭气。

有几个姑娘从旁边经过,很吃惊。"安哥,怎么了?病了?"

龙平含混应答,拼命记住她们的模样。

办公桌对面,坐着警官秦勇。见郑义带龙平进来,愣了一下。

龙平坐下不久,便接到报警。花园小区一个男人持刀劫持了前女友的弟弟,丧心病狂,见不到前女友,就要杀死人质。

秦勇起身就走,见龙平坐在那里发愣,说了句:"安队,出发吧。"

龙平点头,起身。

下楼的时候,秦勇在前,龙平在后。龙平身边,还跟着一个年轻女警察,个子不高,但很清丽。她看龙平的时候,眼里充满热情,还带着些许羞涩。

"安哥。"她说。

龙平点了点头,看上去有些冷淡。

这一点被秦勇注意到了,他的嘴角,现出一丝笑意。

"来,还是我开车。"秦勇说,"和以前一样。"

走在半路的时候,步话机里传来通报现场情况的声音。

"前女友和他分手后，他一直纠缠，后来，听说女友为了挣钱，给一个有钱人家庭做代孕，立刻疯了。找不到前女友，就绑架了她的弟弟。"

"去找他前女友了么？"龙平问。

"已经打电话了，没人接。"

"抓紧找到她，稳住犯罪嫌疑人。"

车到花园小区的时候，到处都是看热闹的人。花园小区是一个老式小区，以前是第三机械厂的宿舍，简称三机宿舍。房子都是老式的，楼房前侧是走廊，所以夏天，每家都在门前的走廊吃饭、乘凉。由于是四栋楼围成口字形，所以彼此可以在走廊扯着嗓子和其他楼上的人聊天。宽敞的天井里，男孩子们踢球、打闹，女孩们踢毽、跳绳，晾晒的被单、衣服随风飘动，一片生机勃勃的景色。

而今天，天井的院子里密密麻麻全是人。周围楼上的走廊也站满看热闹的人。大家都在看着东侧楼三楼的走廊。一个短发年轻人一脸凶相，用胳膊勒住一个光着膀子的黝黑少年。少年的脸上、脖子上和胸前全是血。整个人因为惊吓，加上阳光曝晒，看上去像是一个软掉的橡皮人，闭着眼睛。

龙平、秦勇等人到后，控制现场，拉起了警戒线。

"抓紧疏散，清场。"秦勇说，挥了挥手。

龙平愣了一下，看一眼秦勇，立刻装作若无其事。他观察了一下地形，然后带着秦勇和女警上了离着歹徒最近一侧的楼上。

"童湘，快点。"秦勇说，那个女警应了一声。

龙平默默记住了她的名字。

上了三楼，龙平才发现，歹徒所在的三楼，楼梯口被封上了柜子、桌椅板凳，即使下面有警察，也很难一下子冲上去。或者即使冲上去，因为障碍物太多，也无法保证人质的生命安全。

整个三层楼的走廊，只有歹徒架着皮肤黝黑的少年。

还有倾泻而下的阳光。

龙平观察了一下，走廊的围栏是水泥的，格栅状，透过格栅，可以看到两人的腰部以下，腿脚的每一步移动，都看得非常清晰。

"安队，下一步怎么办？"秦勇问。

龙平清了下嗓子："和以前一样。"

童湘吃惊地看了一眼龙平，欲言又止。

秦勇脸上也露出了怪异的表情。

"人质的姐姐，联系上了么？"龙平问。

"没有。"秦勇看了龙平一眼。

龙平正鹰一样地看着前方，非常专注。

"楼梯口的突击队员到了么？"

"在。"秦勇说，"但不敢动，歹徒堆了很多东西，把楼梯口都堵死了。"

"狙击手正在往这边赶。"他补充说。

龙平看了秦勇一眼。

"嫌犯很危险。"龙平说。

秦勇不置可否。

"他随时都会杀人。"龙平打量着歹徒的眼睛。

秦勇开始对着犯罪嫌疑人喊话。"小伙子，不要冲动么，把刀子放下，有话好好说么。"

歹徒并没搭理秦勇，在少年脖子上轻轻划了一刀。

少年呻吟了一下，身体更加软了下去。

血缓缓流下。

"她要不来，我就杀了她弟弟。"

"我们还没联系上她。"秦勇说，"你也知道，她可能没带手机。"

"把枪收起来！"歹徒用刀指着秦勇。

秦勇不得不收起枪。

歹徒再次打了前女友电话，仍没有人接，他突然笑了。

他的笑里，带着绝望。

果然，歹徒更加焦躁不安起来，架着少年，拖来拖去，像是一头叼着猎物的狮子。终于，他站到了一个格栅破损的地方，因为少了一根格栅，二人腿脚的细节看得更清楚些了。少年的腿上有鲜血流下，看上去像是随时要死去的样子。

十分钟后，再打那个电话，前女友的手机关机了。

歹徒像是孩子似的大声号叫起来。

龙平转身，轻声跟身后的童湘说："通知楼梯口突击队，听到枪响，就赶紧往前冲，拯救人质。"

"狙击手没到。"

"听到我的枪声，赶紧冲锋。"龙平的眼里锋芒毕露。秦勇点点头。他看了看龙平，手里并没有枪。

得知命令已经传达完毕，龙平点了点头。

"不要着急。"龙平终于说话了，"小伙子，你这个年龄，我也经历过，谁没有经历过失恋呢。天涯何处无芳草。"

"你懂个屁。"歹徒说。

看热闹的人笑了，龙平示意，把这些人清理出现场。

"你别说话，说话我就杀他。"歹徒满眼含泪，下意识地在少年脖子周边划来划去。

"小伙子，赶紧住手。"龙平说，"活着是最幸福的，只要活着，其他都不重要。"

"你威胁我，要杀我？"歹徒提高了嗓门。

这时候，那个像是已经死去的少年突然用尽力气喊："姐姐救我，姐姐救我。"

他声音很低，像是待宰的羔羊，发出最后的哀鸣。

"去死吧。"歹徒突然高喊了一声，喊的同时，匕首已经高高举起。

就在歹徒高喊的时候，龙平迅速拔枪，眨眼工夫，没等秦勇、童湘反应过来，枪响了，正好击中歹徒右手手腕，匕首应声而落。这时候，楼梯口已经发出了桌椅板凳翻倒的声音。歹徒眼疾手快，左手抓起尖刀，再次要刺。第二声枪响，打中左手手腕，尖刀再次应声而落。

冲上来的警察迅速将歹徒制服，浑身是血的少年也被抬上赶来的救护车。人群中响起了掌声。

回来的路上，和去的时候完全不同。童湘兴奋地说："安哥，你太棒了，太让我崇拜了，帅！"

秦勇从后视镜看看童湘，挤出了一丝笑容。

"秦勇，别不服气。你以前是百步穿杨，安哥今天的表现更牛，百发百中。"

"安哥，以前你是打哪儿指哪儿，"秦勇说，"今天，怎么像是换了个人？"

龙平没说话，笑了笑。

"不过，即使你这样，还是不如我。"

"为什么？"

"我百步穿杨，用的是左手。"

"你是左撇子，好么。"童湘毫不客气。

龙平笑了，下意识地看了看秦勇的左手。

杜润生打电话给龙平，让他到自己的办公室来。在副局长办公室门口，龙平见到了秦勇，他刚从副局长室出来，一见龙平，满脸尴尬，说了句"这么快"，然后便灰溜溜离开了。

进屋前，龙平有些犹豫，想到一楼有公示栏，公示栏上有所有人的照片、名单。于是他便赶忙溜下去，假装若无其事地看，像是小学生考试临时抱佛脚。好在之前受过训练，快速记忆力很强，过了一眼，已记住大半。

推门的时候，杜润生正吹口琴。他颧骨很高，大牙，地包天。过两天，有一个系统内的文艺演出，吹口琴是他的拿手节目。龙平打量了下杜润生的办公室，简单干净，一尘不染。里面有张简易床，上面放了床被子，叠得见棱见角。

"你刚才的表现，神勇啊！"杜润生说，"安局很为你感到骄傲、自豪。"

龙平摇头。"没啥。"

"好些记者都找过来了，要采访你。"

"别。"龙平摆手。

"枪的准头，提高不少。"杜润生说，"哪儿练的？"

"我以前就挺准的。"

"准么？那次打一个逃犯，你一枪打过去，逃犯跑得更快了。田里的水牛倒下了。"

"您找我，就为这事儿？"

"哪那么简单。"杜润生笑了，"记不记得，你小学的时候，我开车，陪着你和你爸你妈去呼伦贝尔大草原？"

龙平没有反应，像是僵住了一般。杜润生打量着龙平，像是在捕捉什么。

"记得。"龙平说。

"草原的羊肉，多好。"杜润生说。

龙平笑了。

"这次汇演，我和你爸爸要表演一个保留节目——《鸿雁》。"杜润生说，"我给你来一段。"

杜润生眼神犀利，看上去有点凶，但他的表情是微笑的，呈欢快状。他没有注意到龙平的表情，依旧动作夸张、表情丰富，他的表情永远先于他的语言。

"当年在草原，我跟着你爸一起，出生入死。没有他，就没有我的今天。人，最重要的就是，懂得感恩。"

龙平假装在听，为了表示尊重，他点了点头。

"那草原，那蓝天白云，自由飞翔的大雁，奔驰的骏马。"杜润生说，"你们这代人是没机会经历了，可惜啊，可惜。"

龙平笑了。

"来，跟我配合一下，咱俩一起来一段《鸿雁》。"

龙平摇头。"不会。"

杜润生愣了一下，他上下打量龙平："那不可能。"

龙平笑了，没说话。

"前年，春节聚餐，咱俩还合作过。我吹口琴，对了，还有小秦，他弹吉他。忘了？"

"我哪能忘？"龙平说。

"想起来了？"

"想起来了。今天嗓子疼，下次吧。"

杜润生突然笑了。

"哈哈，好。"

杜润生离开桌子，连比划带表演："你爸唱这首歌最拿手，我练了这些年，跟他比，还差一大截。"

杜润生开始哼过门儿，展翅如大雁，屈膝，两腿交替前行，做大雁起舞状。

"像不像？"

"像。"

"你爸爸演得才像呢，给他插上俩翅膀，他就是一只大雁。"说完，继续哼唱，旋律过后，他开始放歌，无比动情。

"鸿雁，天空上，对对排成行。江水长，秋草黄，草原上琴声忧伤。鸿雁，向南方，飞过芦苇荡。天苍茫，雁何往，心中是北方家乡。"

杜润生桌上，摆了匹马的雕塑，四蹄腾空，仰天长嘶。

唱完后，杜润生眼含泪水，这令龙平颇感意外。

"听安局说，最近你的情况不好。"

龙平有些摸不着头脑。

"没，没有啊。"

"安局还能骗我？"杜润生笑，"他可是我的老上级了，这些年，看着我一步步成长起来的。他，肯定不会编瞎话。"

屋里烟雾缭绕。杜润生的脸，没入烟雾中。

"这中间的原因啊，我也搞不清楚。可无论如何，他毕竟是你爸爸。"

烟雾散尽，杜润生现出庐山真面目。

"你在家，曾威胁说，要杀了安局。"杜润生说，"有这事儿么？"

杜润生直视龙平，让龙平不安，甚至一瞬间有慌张之感。

当他低头瞥见自己的一身警服时，突然意识到，现在，自己是另外一个人。

"没有啊。"龙平说。

"你的精神状态，安局很担心。拿枪对着自己的爹，你疯了？"

安父在办公桌后安坐如山，身后墙上，是两个大字："气节"。他的面前，坐着杜润生。

"安局，我觉得，安全好像……有点问题。"

"说说看。"

"比方说，《鸿雁》，安全应该会唱，受您影响嘛。可他，今天竟然说没学过。"

"那能说明什么？"

"还有，我跟他说以前去呼伦贝尔大草原，他也没说啥，其实，咱们那时候去的草原离呼市比较近，根本不是呼伦贝尔。还有，那次去，是我跟您和安全去的，大嫂身体不舒服，所以就没去。"

"没错。"

"我说咱们四个去的，他一点都没反应。好像根本不知道这回事儿。"

安父沉吟着。

"还有，那次演出唱《鸿雁》，根本没有小秦伴奏，小秦的吉他在演出前，弦断了。"

安父再次抬头的时候，表情很严肃。

"润生，你是我最信赖的好兄弟。"

杜润生点头，有些感动。

"关于安全的事儿，这些怀疑，你清楚就行了。"安父说，"另外，也不要在局里瞎传话。"

"懂。"

"否则，对你我都不利。"

"他，是不是喝大酒把脑袋烧坏了？"

"能把脑袋烧坏了，能把枪法烧准了么？"安父说，"你继续观察，听我命令。"

下班前，安父打电话，让龙平和自己去龙脉温泉广场洗温泉。

"算了。"龙平说，"我在单位整理整理下一步工作思路，做个计划。"

安父便也没再说什么。下班的时候，龙平靠在椅子上想事情，这时候，就见秦勇背着个吉他包进来。

"什么情况？"龙平问。

"你忘了，安队，每周二晚上，我们乐队有排练。"

说完，也不等龙平反应，聚精会神在抽屉里翻东西，然后说了句"安哥我走了"，龙平再抬头时，已经不见了人影。

龙平坐在办公桌前。桌上是安全一家三口的合影。那时，安红还小，金兰也比现在瘦，青春仍在。那个叫安全的警察，羞涩地微笑着。

龙平打开抽屉，看到了安全的世界：几本刑侦书，心理学教材，还有几本笔记。

龙平翻开书，很多页码都做了标注。

有人从门口经过。龙平望过去，是一个圆脸的二十出头的女民警，手拎一把水壶。

"安哥。"她叫。

龙平含混地应了声，点点头。

女人消失在门口。

龙平拿出笔记本，静静地翻看。

这是安全的日记，断断续续，有时长篇大论，有时只言片语。在日记第一页，贴了张好看的纸片：人民医院妇产科发给孕妇的小卡片，上面，画着一个漂亮的小丫头。

那一页，还夹着两朵红红的小花，被压得扁扁的，已经干了。纸页上，是两片浅浅的红，像是时光的唇印，又像是浅浅的伤痕。

安父开车行驶在滨江大道上。昨夜暴雨之后，一切都像是新的，空气中弥漫着阳光的味道。车内音响传来电话声。

"罗总。"安父说，"交给你这么点事儿，你都办不利索。"

"谁能想到，刚走一个，又来一个。"

"你确认，走的是他？"

"错不了，而且，人掉桥下了，打不死也淹死了。"

安父不语。

"对不起，大哥，我是在陈述一个事实。"

安父的车到了青龙广场附近。远远地，见到那座巨大的青龙雕塑下，人山人海。大横幅上写着：让爱传递——德坤集团定向救助偏远山区女童爱心行动、德坤集团龙脉温泉游乐广场开业大吉。

"别光顾着献爱心。我交代的事儿，你也上上心。"

"一定。"那边笑了，"我还能分不出哪头轻，哪头重？"

龙平正在看安全日记的时候，手机响了。龙平一看，是安父家的座机。接通电话，传来安红开心的声音。

"爸爸。"

"什么事儿？"

"你什么时候下班？"

"怎么了？"

"我有一个好主意，"安红说，"有个温泉游乐广场开业了，我想去玩。然后在那里吃饭。"

龙平刚要说话，被安红打断了。

"爸爸，你可从来没有拒绝过我哟！"

龙平见到安父、金兰、安母和安红的时候，他们已经在游乐场的水池边。四个人都穿着泳衣。见龙平穿着泳裤过来，安父和金兰都紧张起来。安红正在小鸭子救生圈里划水，见到龙平大叫"爸爸"。安母也微笑着冲龙平招手。

"怎么才来？"安父说。

龙平没有说话。

"你下去陪红红玩。"安父说。

龙平犹豫了一下，下水。安父和金兰同时盯着龙平结实的臀部。龙平穿着黑游泳裤，滴水不漏。两人同时叹气。安母注意到这点，打量着他俩。

安红玩得很开心，到浴室冲水换衣服的时候，她已经开始打盹。

"你看，现在的孩子，上学多累。"安母说。

金兰揽着安红，给她冲澡，一脸心事重重的模样。

在男浴室里，龙平拿着浴巾，在衣柜前换短裤。安父盯着龙平的关键部位。

龙平一抬头，看见他直愣愣的模样。

"没事儿吧？"

"没事儿。"安父说，"脖子落枕了。"说着，晃了晃脖子，装作在自我治疗。

看安父脱了泳裤，拿上了浴巾，龙平说："走吧。"

"你在前面。"安父说。

"您先走。"

如是几次。二人的礼貌谦让引起周围光屁股男人们的侧目。不知这一老一少在比划什么暗语。最终，安父认输，走在了前面，往洗浴喷头方向走。

走了两下，安父便故意减慢速度。

龙平也减慢速度。

安父索性停下来，歪着脑袋，假装耳朵里进水。

龙平在即将超过安父的一瞬间，停住了。

安父赶忙往后退一步，看龙平的臀部，发现他早已经围上了浴巾，屁股和大腿都在浴巾的严密保护之下。

在浴室里，又如是几次，安父始终没有看到龙平的屁股。

就在他准备最后一次看龙平屁股的时候，被一个中年人一把拉住了。

"你这个老头，怎么这么不自觉，跑这里耍流氓。"

"我干吗了？"

"你自己干什么，还用我说？"那男人说，"我最讨厌耍流氓的了。"

没等安父辩解，一个大拳头风驰电掣，直奔面门。安父倒地，眼前金星乱窜。

第十一章

下班时，安父来电话，说话有些含糊。

"今天你和金兰、孩子回自己家住去吧。"安父说。

"你，没事儿吧？"龙平是指被打肿了的嘴。

安父并没有回答。

电话里传来旁边人的低语，模模糊糊，听不清楚。

"我要陪一个老领导吃饭，叙叙旧，晚点回。"安父说。

龙平挂了电话。

家里，安母在。

保姆张姨做完饭就走了。安母一个人在那里收拾。

龙平进门，撞见了从旁边跑过来的安红。看到龙平，安红愣了一下。

"你爸回来了，发什么愣啊。"安母一旁轻戳了下她的肩膀。

安红向前走了两步。

"叫爸啊。"安母笑着说，"昨晚上还好好的，咋了，不认识了？"

安红轻声说："我爸以前，不是这样的。"

龙平心里一惊。

"不是哪样的？"安母问。

"回来从没这么早过，整天忙。"安红说。

龙平笑。"爸今天没任务，累，想早点睡觉。"

安红打量着龙平，像是准备时刻跑开似的。

"在这儿睡吧。"安母说。

"我爸说了，让我们回自己家。"龙平说。

"也是，早该回自己家了，老在爹妈家，也不是个事儿。"安母小声应和。

"你一回去，又该和我妈吵架了。"安红声音小小的，充满了担心。

"你看，孩子也担心这事。"安母说，"要不，在这儿再多住几天。反正我和你爸都岁数大了，住这么大屋，空落落的。"

"太好了。"安红说，一脸心事。

龙平笑："还是回自己家吧，保证不和你妈妈打架。"

安红失落，像是散了线的木偶。

"小全啊，你得改改脾气。有好些事，就得忍。"

龙平没说什么。安红在旁边点头。

"红红今晚不太爱说话。"安母说。

龙平看了眼安红："没事吧，红红？"

安红悄悄往后退了一下，摇头。

"这孩子，不对劲啊。"安母张罗着上菜，打量一眼安红。

"等会儿再吃吧。"龙平说。

安红突然开心起来。"我爸的意思是等等我妈。"安红说，"是吧？"

安母叹口气。"你妈说了，单位有应酬，晚点回。"

与此同时，在一栋高高的塔楼里，安全与金兰家的房门开了，一个栗色头发的年轻人匆匆出来，关掉门，灵巧地离开。黑暗的楼梯中，上上下下，回响着婴儿的啼哭声。

回去的路上，龙平耍了个小花样。

车驶到街上，龙平低声对安红说："爸爸还在头疼呢。"

安红抱着芭比娃娃，看他一眼，点了点头，说："别喝酒了。"

她的表情和语气，很像一个小大人。

"我们玩个游戏。"

"什么游戏？"安红立刻精神起来。

"爸爸开车，你指路。"龙平说。

黑暗中，安红眼睛亮亮的，正一眨不眨，看着龙平。

"行么？"龙平问。

安红点点头。

"前面的红绿灯，该左转了。"安红说。

回去的路上，龙平一声不吭。只有安红在指来指去。

前方路灯下，是漫漫长街。灯火如龙，延伸到远处的山坡。

车在黑夜中穿行。

在楼下停车的时候，安红兴奋起来。

"屋里亮着灯。"安红大声喊。

一冲进家门，安红便高高兴兴地到处找，大声喊："妈妈。"

没跑两步，她失望地回来。金兰没在家。

"走的时候忘关灯了。"龙平说。

"不可能。"安红说，"每次出门，妈妈都会仔仔细细检查是不是忘了关灯。"

龙平听罢，似乎想到了什么，环顾四周。

房间很一般，看得出，最近刚刷过白。

餐桌上，有个饭碗，上面盖着碟子。墙上，时钟指向十点一刻。

一股凉风，在屋里徘徊。

"早点睡吧。"龙平说。

"我去刷牙。"安红跑向洗手间，跑到一半，返回身来，"我想喝酸奶。"

"拿去吧。"

"我够不到。"

龙平打开冰箱。

冰箱里是剩饭和一个橙子，还有几瓶酸奶。

"喝了就睡觉去。行么？"

安红点点头，拿了酸奶，迅速跑向沙发，抱起芭比娃娃，打开电视，熟练地搜索，然后播放一个龙平从没看过的动画片。龙平在房间里走来走去。

厨房虽然简陋，但还算干净，碗碟都整齐地码放在架子上。

安红的房间，有一张单人床。床上摆了个大洋娃娃，还有一个维尼熊。安全、金兰的房间比较大。双人床头的墙上，挂着二人的婚纱照。

那时的安全更年轻，也更瘦。金兰的表情带着欢喜和忧伤。

龙平站在那里。身后有轻轻的脚步声。

龙平转身。

安红手捧酸奶瓶，站在门口，看着龙平。

"你一会儿给我讲故事，行么？"

龙平在床前的椅子上坐下，想了想，说："我不会讲。"

"爸爸，不要谦虚。你讲得很好。"安红说，"不过，我觉得，你最好别这么喝酒了，喝酒多了，不好，人会变的。"

"我变了么？"

安红眨眨眼睛："有点。"然后她又笑了："变化不大。没关系，别担心。"

龙平像是在想事情。

"你给我讲《小王子》吧。"安红说。

"我给你讲狼来了的故事。"

安红摇头："你还是接着讲《小王子》吧。"

"有个小黑兔的故事，你想听么？"

安红摇摇头。

"这个故事全世界你是第一个听到的。"龙平说。

"真的？"安红眼睛睁得大大的。

"小黑兔变成小灰兔，又变成小白兔的故事。"

"我想听。"安红忍不住拍手。

龙平皱着眉头，想了想，从兜里摸出烟来，刚要点，被安红拦住了。

"不准抽烟。"

龙平把烟塞回到兜里。

"快讲。"她说。

龙平看看暖光中的安红，想到了那个破旧土房中自己的童年，眼睛红了一下，立刻又忍住了。

"你不高兴了？"

"高兴。"龙平说，"从前，有一只小黑兔，在一片很荒凉的地上。"

"有多荒凉？"

"全是土，到处都是黄土，没有树，没有青草。"

"那，它为什么不去有青草的地方呢？"

龙平想了想："因为它没有资格。小黑兔是不能住在有青草的土地上的。"

"那谁可以？"

"小灰兔。"

"不公平。"

龙平笑了。

"凭什么啊，太不公平了。"她说。

"为什么不公平？"

"都是兔子嘛。"

安红小大人的模样把龙平逗乐了，他点点头。

"我也觉得不公平。可兔子的世界就是这样。"龙平说，"那帮兔崽子就是这么定的。"

"你骂人。"安红说。

"没有，我说的是，兔子的小崽子们。"

"那叫兔宝宝。"

"那帮兔宝宝就是这么定的。"龙平说，"这样行么？"

安红满意地点头。"接着讲吧。"

"还有一种兔子，过得最好，它们每家都有自己的一片地，然后有黑兔子、灰兔子帮它们干活。"

"啊，还有这种兔子。"安红更加吃惊，"不会是小白兔吧？"

"对。"龙平点头。

安红很伤心。"我最喜欢小白兔了，它们为什么这样？"

"这是故事。"

"哦，我知道，就像猫和老鼠。"安红说，"可我还是有点伤心。"

龙平看着安红，沉默了。

"说吧，我现在不伤心了。"

"小白兔要什么有什么，小灰兔和小黑兔在小白兔手下，什么都不是。"

"小白兔不就成了坏地主了？"

"知道什么是地主么？"

"不知道。"安红摇头，"反正很坏。"

"这群小黑兔里有一只就想：我不能永远做小黑兔啊，我要变白。"

"它要染头发啊？"

"不是。"

"嗯，说吧。"

"小黑兔发现，有一只大灰狼从外国来了，要招小黑兔去外国扛枪打仗，随时都会死。但小黑兔还是决定，去。"

"为什么？"

"赚钱多啊。有了钱，就好办了。"

安红摇头，表示不懂。

"在兔崽……在兔宝宝的世界里，钱越多越白，当小黑兔挣了足够的钱，就会变灰，然后变白。"龙平轻声说，"你猜，小黑兔变白了么？"

德安公馆月夜静寂，竹影婆娑，映在了旁边的灰墙上。

茶室内，安父和金兰在喝茶，窗外夜空，一轮圆月在云海间漂移。

"安红去洛杉矶上学的事情，都已经安排好了。"金兰说。

"到时候，就辛苦你了。"安父说着，叹了口气，"钱放在这边，越来越不安全了，得抓紧转移出去。"

"还有多少？"

"出去一半了。"安父说，"我也没想到，他没死。"

"说不定，回来的是另外一个人。"金兰说。

安父一惊。"你也这么想？"

"罗总，靠得住么？"

"什么意思？"安父警觉地看着金兰。

"如果安全没死，他为什么说打死了？"金兰说，"也许，他就没打算让安全死。"

安父身体前倾，看着金兰。

"安全不是一直说要举报你么。"金兰说。

"所以呢？"

"安全不死，对他有好处。"

"那不对。"安父说，"安全的黑材料里也有他罗德坤灭门杀人的事情。"

"万一回来的不是安全呢？"金兰说，"不会是罗德坤安排的人吧。"

"应该就是安全。他能开车带安红回你们自己家，就证明是真的。"安父说，"想办法看他有没有胎记，再一个，他的 DNA 测试我也让人去做了。"

"我总觉得他不是安全。"

"他不是安全，是谁？除非是克隆人，要么是孪生兄弟。"说到这里，安父紧张了起来。

"安红跟他回家，不会出事儿吧？"金兰说。

在一间昏暗的密室里，墙上全是监视屏，画面从不同角度现出安父和金兰的样子。有一个画面显示，安父正盯着镜头方向，他摸过手机，拨打电话。

密室里，手机屏幕的光闪亮，振铃响了起来。

一个人影拿起手机。

"喂，大哥。"是罗德坤的声音。

"德坤，你在哪里呢？"

"我在外面呢。"

"我这房间里，你不会也装上摄像头了吧？"

"绝对没有。"罗德坤说，"您是大哥，这种下三滥的事儿，我能干么？"

安父笑了，声音并不大。

"知道就行。"

安红一到床上就睡着了。龙平在屋里转，警觉地看着各个角落。

这时，门外有动静。龙平起身，从安红的房间潜出，蹑手蹑脚向外移动。

客厅墙上，石英钟"哒哒哒"轻响。

门口，窸窸窣窣。

龙平轻巧地移向房门。

声响消失。

龙平站在那儿，侧耳谛听。

静静的。

他上前两步，到了门前。

从门上的猫眼看出去，外面走廊扭曲变形，对面的门也是倾斜的。

屏息站了几分钟后，窸窣声又起。

像是在门前很低的地方发出。

龙平低头俯身，趴在地上。有影子在门与地的窄窄缝隙间，小心移动。

龙平摸枪，上膛。外面还在动，窸窸窣窣。

"谁？"龙平压低声音。

外面静下来。

一会儿，又有了动静。

龙平猛然开门。

眼前是空的。左右都空空的，没人。

不远处的楼梯口，蹲着一只黑猫。

龙平想，现在脱下这身警服，出门，消失在夜里，没有人会在意。而那个叫龙平的，已经死了，坠入万丈深渊。

我自由了。

这样想着，龙平起身，要往外走。

屋门处有响动。

有人进屋，高跟鞋的声音。

龙平连忙点烟，坐在床前抽。

客厅里传来高跟鞋掉到地板上的声音。

龙平抬头。金兰拎着包，站在卧室门口。

"不是不让你在卧室抽烟么？"金兰皱眉，"说了十万八千遍了，就是不听。"

龙平打量着金兰。

金兰脸色红润，口红有点花，妆也乱了。

见龙平打量自己，金兰噘嘴皱眉："一身烟臭，看什么看，赶快出去，洗澡去。"

龙平在客厅抽烟。金兰过来，拽了把椅子，坐下，跷起二郎腿。

"洗澡去。"她说。

"我不感兴趣。"

"什么意思？是对洗澡不感兴趣，还是对我不感兴趣？"

龙平似笑非笑。

"我上次说的事，你考虑好了么？"

龙平掐灭烟。

"咱明天，去把婚离了。"金兰说，"咱们折腾这么些年了。你烦了，我也累了，离婚，俩人都清净。孩子也不会为咱俩的事儿操心、流泪。"

说到这里，金兰顿了顿。

"再说，离婚，你什么都不会损失。"

身后，传来窸窸窣窣的脚步声。

"别离婚了，行么？求你们了。"

安红围着小毛巾被，站在那里，嘴咧着，要哭的样子。

第十二章

龙平去城郊走访一起人身伤害案的受害者家属。结束的时候，借故离开，悄悄找了个公用电话，打方美手机。

打电话前，龙平化了装：络腮胡子、墨镜，一脸痞相。

卖报老头倒拿着张《健康报》，假装看，不时偷眼瞧龙平一眼。

见龙平瞥他，赶忙把脸转到一边。

电话那边，竟然是手机铃声。

方美没把老号码丢掉。

龙平想，也许手机号落在了别人手里，接电话的，变成了一个陌生男人。

这么一想，龙平十分矛盾。

响了几下，没有人接。

就在龙平准备挂掉时，电话那头传来方美的声音："喂，你好，请问哪位？是……"

没等她说完，龙平挂了电话。

周围，人潮汹涌。

龙平又回到了原来的生活。

会议室里全是人，都在等杜润生过来开会。

龙平和秦勇正聊天时，手机响了，显示的名字：石开明。

电话里，石开明压低声音，问："安全，你在哪儿呢？"

"开会呢。"龙平说，"什么事，急吗？"

"你小子怎么了？找我的时候猴急猴急的，现在怎么像换了个人，你什么意思啊你？"

周围，大家在嬉笑聊天。龙平起身："屋里太吵，我出去接。"

靠门的一个丫头压低声喊："领导来了！"

屋里安静下来。

龙平匆忙挂了石开明的电话。

开会期间，他一直在想，石开明说的，到底是什么事呢？

杜润生在讲最近发生的几起案子。

"我们的工作不力，领导很不满意。"

说到"不满意"时，杜润生转脸，看看龙平。

龙平正低头给石开明发短信。

"安全，你最近怎么搞的？"杜润生语调夸张，"一天到晚，魂不守舍的。"

周围的人窃笑。

不知谁喊："他丢了魂。"

满屋笑声。

"安全同志，你在家用枪对着安局，这点，可要不得。"

众人窃窃私语。

"没有的事儿。"龙平说。

有几个人转过脸来，打量龙平，仿佛他是个怪物。不知谁低声说了句："病了吧。"

"安全，不至于啊。"有人说。

"要不是看安局面子，我……"杜润生欲言又止。

会场骚动，周围的同事像过年一样，终于盼来了一顿饺子。

大家小声议论，仔细品味，在大家的应和声中，议题慢慢转移。

"安全，你身体不好，不行就休长假吧。"一个老大姐语重心长、面带担忧，说完瞅了瞅杜副局长，"领导，是不是，对小安，还有，对咱大家，都好。是吧，那样，安全。"

龙平给石开明回电话。石开明在开会。

石开明电话里的声音很像是大胖子走在初春待化的薄冰上："开会呢。完事了，给你打——电——话。"

龙平翻看安全的日记，寻找枪顶安父的记录：

"今天很不开心。有些事情，令人意外。"

"安红说：'爸爸，生日快乐。'她特意等到凌晨零点以后，我生日的第一时间，给了我一张卡片。'希望你天天快乐。'她说。我抱着安红小小的身体，哭了。安红说：'你想妈妈了么？妈妈出差快回来了。'"

"开明这小子陪我喝酒。本来有些事想和他说，但想想，

109

算了，自己消化吧。对你重要的事，在别人那里，真的是无足轻重。"

"今天，妈看上去很疲惫。爸好像很高兴。爸的高兴和妈的疲惫形成了鲜明的对比。当爸吹灭生日蜡烛的时候，金兰突然说：'还没许愿呢。'安红则跟着拍手。我看到，妈妈的脸上露出了一丝难以觉察的苦笑。"

龙平一无所获。他发现，日记不全，被撕去了很多页。

一小时后，石开明的电话打了过来。"总算完事了。"他说。

"对了，刚接一个电话，咱们老师，牛老师，今天早上，没了，刚走。你还记得他吧？"

龙平说："忘了，记不清了。"

龙平脑袋空空，从没有过牛老师的影子。

"你小子真没良心，牛老师多向着你啊。记不记得，有次咱俩打了一架，我哭了，牛老师向着你说话，偏心眼。这一辈子我都忘不了。"

"哈哈，想起来了。"龙平说，"你小子，鼻涕一把泪一把。"

"我哭的时候，只流眼泪，没有鼻涕。"

"矫情。"龙平说。

"追悼会我去不了了。"石开明说，"我得出差。刚开完会，老大要拉着我去追一笔款。这事儿，别人办不了，不够狠，也没手腕。"

龙平脑海里出现了一个五大三粗手拿砍刀的形象。

龙平说:"我这边也忙。"

"真没良心,牛老师白疼你了。"

龙平站起身,从窗户往下看。杜润生的车正开出大门,到门口处,减速停下,对大门口冯师傅说着什么。冯师傅招着手,像长臂猿在行纳粹礼。

"你托我办的事,我安排给兄弟了。"石开明说。

"他们,行么?"龙平问,小心翼翼。

"什么行么?"石开明笑,"啥意思?"

"我是说……"

"你怕我手下兄弟,手段不够?"

"啊。"龙平应着。

"我那兄弟,一个顶仨。"石开明说完,笑了,"心慈手狠,技艺高超。"

挂了电话,龙平想,难道,安全让石开明去杀一个人?

第十三章

不久，龙平和方美在一家小咖啡馆悄悄重逢。

方美哭了，抱着龙平。

"我就感觉你没事。"方美泪眼迷离，脸颊红红的。

龙平看了下周围。

旁边没有人。离他俩五六排雅座的地方，有一对男女，不像恋人不像夫妻也不像同事，抵着额头说话。

"我亲亲。"方美抱着龙平就亲。

龙平轻轻推开她。

"我就见你这一次，你小心点，不能走漏一点消息。"

方美点头，又摇头。

"多见几次不行么？"

"你确定没事了？"

"没事。"方美压低声音，"而且，他们也不想多事儿。"

龙平看着她。

"咱俩两小无猜过，"方美说，"我是暴脾气，你不是不知道，一般人都躲着我。"

"店里他们没去？"

"去了，反正在他们看来，你已经死了。所以，没人追究。"

方美眉眼皱着，看龙平。

"龙哥，我说错了还是咋的？"

"我姓安。"

"哦，对，安哥，我嘴严着呢。"

"我们分开一段时间。"

方美摇头。"不行。"

龙平转脸看身后。身后很远处，靠门的地方，服务员正垂手站立，看咖啡馆外来往的行人。

"你现在成了警察，有了老婆孩子，爹妈也都有了，全套、全新的。你早忘了我了。"方美说。

龙平看着方美，没说话。

"怎么样，上床了吧，爽吧？"方美说着，瘪了下嘴，带着一丝醋意。

"有完没完？"龙平皱眉，点了支烟。

"你成了大警察，我怎么能比？"

"那我把身上的皮脱了，远走高飞，行么？"

"行啊行啊，带着我。"方美说，"可，这样的话，你就没了。"

"哪个我？"

"警察的你，就没了。凭空失踪个警察，那还了得？"

"管他呢。"龙平说。

"你不做警察,只能是抢劫杀人犯了。到时候,还得枪毙你两回。"方美说,"你只有留下,继续假装安全,才可能有机会证明自己是清白的。"

"我没杀人。"

"这个世界上,除了我,谁信?"

为了满足安红的心愿,龙平和金兰去参加她的汇报演出。

"我们班好多同学要么只有爸爸,要么只有妈妈。"安红说,"我多幸福啊,爸爸妈妈都有。"

金兰看安红在台上表演节目的时候,眼睛湿润了,不知不觉,泪流满面。她赶忙四下张望,与龙平的目光相遇。

看着安红可爱的样子,金兰想,安红的模样里,有几分自己的影子,但更多的,是另外一个人的。这念头一出现,她的表情便沉重了很多。

演出结束时,安红欢天喜地,拉着金兰和龙平的手,蹦蹦跳跳。

"妈妈,我觉得,我们班能得第一名。"

金兰点点头。这时,肖老师刚好从边上走过,冲龙平和金兰笑笑:"姐,姐夫。"然后向安红招手。

"肖老师!"安红声音洪亮。

肖老师的父母都是小学老师。有一次,肖老师的弟弟因为在网吧和人打架,被关了起来。伤者一家要求肖老师家赔偿。对方仗着有些关系,非常跋扈。后来,肖老师按照自己整理的家长关系本，找到了金兰。

“安红妈妈，有个事情，想请你帮忙。”肖老师瘦瘦的，有些清癯。

“别客气。”金兰说。

安红也安慰肖老师：“不用担心，我妈妈人最好了，她是世界上最好的妈妈。”

后来，肖老师弟弟的事情解决得很顺利。于是，肖老师便对金兰更亲了。

“您这身衣服，真漂亮。”肖老师说。

“我的也好看。”安红不乐意了，噘起小嘴。

肖老师哈哈笑了，蹲下来，抱起了安红，一边抱，一边说：“又长了，真沉啊。”

“肖老师，我给你介绍的那个小尹，怎么样？”

“他看不上我。”肖老师脸上现出一些忧伤，“随缘吧。”

直到和肖老师分手，坐到了车里，安红仍一个劲儿地问：“妈妈，什么叫随缘？”

“随缘，是说，有缘分，就在一起；没有，就分开。”

“那我们是有缘分的了。”安红说。

龙平开车，路灯光洒满车身。

“红红真聪明。”金兰笑了。

“那，你和爸爸也有缘分。”安红无师自通，“因为你们也在一起。”

金兰面沉似水。她的脸上，霓虹闪烁，随时变换颜色。

“你和爷爷……”

"闭嘴。"金兰说。

安红哭了。

金兰若有所思，从后视镜看她。在车外流转的光影中，安红的脸时隐时现，满脸泪光激滟，不时小声抽泣。

"妈妈最近有点心情不好。"

"你老心情不好。"安红哽咽着。

"好些事，你不懂。"

"我懂。"

"你懂一部分。"金兰说，"等长大了，你就全懂了。"

安红没说话，抽泣声音也渐渐小了。

"等你长大以后，就不用过妈妈这样的生活了。"金兰说，"你会比妈妈幸福很多。"

"什么是幸福？"

"幸福？"金兰看着眼前漫漫长路，"幸福，就是你一直在找的东西。"

第十四章

在莲花小区的高层塔楼，有人吊死在安放消防栓的单间里。龙平赶到现场时，见是一个年轻人，瘦削高挑，长发，吊在那里，身体轻盈，像是一只熟睡的鸟。龙平后来才知道，他是一个年轻的导演，似乎还是个小说家。总之，很快，这个年轻人的死，便成了一个传奇。

龙平看着这个年轻人，像是看到了自己。

"现场的情况，包括死者颈部的勒痕，符合自杀的特征。"郑义说。

童湘在一旁跑上跑下，秦勇也非常精干。这与龙平记忆中的那些警察有很大不同。

"安队，你觉得呢？"童湘说。

龙平如梦方醒，点点头。

"说的都挺好。"他说。

秦勇忍不住打量了龙平一眼。郑义站在一旁，轻轻摇了摇头。

出现场回来，龙平已经是一身汗。端着茶杯大口喝水，感觉好了很多。打开手机上新装的监控软件，看到那个大院。院里空荡荡的，只有狗和鸡。另一个破败的小院里，空空如也，小凳子孤零零的，在等待它的主人。

石开明来电话，龙平接了。

"开明，是我，龙……"说到这，龙平赶忙改口，"聋啊你。"

石开明并没有和他计较。

"我回不去了，还得接着出差。去新疆。"

"去那儿干吗？大老远的。"

"你管呢。"石开明说，"哪儿有活儿咱去哪儿。"

龙平脑海里是一个莽汉背着大刀向着新疆奔跑的画面。

"报告出来了，我不能亲自送给你了。"

龙平想问"什么报告"，忍住了。

"我让小蒋送给你。"石开明说，"下午五点半，龙城广场。"

"哪个小蒋？"

"蒋锋啊，你晕了？他也爱踢球。"

"你发电子版给我不就行了。"龙平说，"或者，你直接告诉我内容。"

"你脑子进水了？好歹你还是个警察。"石开明说，"我发给你，会有成千上万的黑客和警察都能看到，他们只要谁在网上一发，龙城非炸不可，说不定你们一家上全国的头条。这报告，比一颗原子弹威力还大。"

龙平刚要说话，石开明打断了他。

"别啰嗦了，五点半，青龙雕塑下见。"

龙城广场上的青龙雕塑，是应某香港风水大师的要求设立的。龙城市民尽人皆知，龙平则刚刚知晓。一次吃饭，听秦勇讲，咱们杨市长就是个书生，根基浅得很，而且，龙城盘龙卧虎，官场盘根错节，所以，市长很是低调。说这话时，秦勇瞟了龙平一眼。

龙平提前十分钟到了龙城广场。广场喷泉随着音乐起舞。孩子们欢天喜地，奔向喷泉中心，周围立刻热闹起来。孩子们的笑声和母亲们的叮嘱交织在一起，与广场周边的车流人声汇成一首红尘交响曲。

龙平站在青龙雕塑巨大的阴影里，看着广场上的一切。不远处停车场里，龙平的白色桑塔纳默默伏在那里。在中档高档车堆里，显得很不起眼。

龙平扭头看，青龙面目狰狞，龙嘴里含的大珠其实是个钟表，指针指向 5 点 25 分。

龙平起身，在青龙巨大的阴影里来回走。

5 点 30 分已过，青龙的阴影里，龙平仍然孑然一身。

龙平给石开明打电话，一直没有人接。远处，落日像是日全食一样，被一片圆圆的黑影挡住，只留下刺眼的光圈，像是世界末日。

手机突然响了。龙平看也没看，接了起来。

"开明！"龙平说。

"安队，是我，小秦。"秦勇声音中带着一丝困惑。

龙平赶忙稳定了情绪。"有事么？"

"您在哪里？"

"单位附近。"龙平听上去很镇定，"什么事？"

"刚刚接到报警，环山路入城处有人被杀。"秦勇说，"我现在往现场赶。"说到这里，他补充了一句："您在哪里，我去接您？"

"不用，"龙平说，"我自己赶过去。"

龙平赶到车祸地点时，现场已拉起警戒线。见龙平赶到，童湘招了招手："安队。"秦勇看她一眼，她便闭了嘴。

秦勇慢条斯理走过来，左手插在裤兜里。刚要说话，龙平打断他："什么情况？"

童湘瞥了龙平一眼，龙平一脸沉稳。

"这是一起严重车祸，肇事司机已经逃逸。"秦勇说。

童湘想要说什么，秦勇使了个眼色，她便不再说话。她看了眼龙平，眼里现出无奈的表情。

"报案的不是说有凶杀案么？"

"那人说自己报错了。"秦勇说，"一着急，把车祸说成凶杀了。"

龙平看了眼秦勇，径直走向现场。

"人死了。"秦勇提醒龙平。

龙平没有停下脚步。

"死者身份？"龙平问童湘。

"姓蒋，蒋锋。"童湘说。

龙平心里一紧，面无表情。

"安队，交通肇事。"秦勇说，"所以，不算什么大事。"

龙平看着秦勇："没那么简单吧。"

秦勇像是被刺了一下，忙把脸转向别处。

"其他有什么线索？比方说，手机。"

童湘扭脸看秦勇。秦勇表情有些不自然，摇了摇头。

"没发现手机。"他说。

"谁第一个到的现场？"

秦勇犹豫了下。"我，我离得比较近。"

"死者身份证件在哪儿发现的？"龙平问。

童湘看了眼远处杂草丛中的死者和摩托车，指指十米开外路边的一处灌木丛。

"只有这个身份证？"龙平看着秦勇。

秦勇尴尬一笑，点点头。

"身份证是童湘发现的。"他说。

手机响，石开明来电。犹豫片刻，龙平挂掉了电话。

秦勇看了眼龙平。

"不是车祸。"龙平说，"是谋杀。"

秦勇表情有些不自然。"典型的肇事逃逸。"他说。

远处，郑义正在勘验现场。龙平独自走向路边那处发现身份证的灌木丛，同时，悄悄打电话给石开明。

石开明刚要埋怨，被龙平低声喝住了。

"你不接电话，蒋锋手机关机。都联系不上。"石开明气喘吁吁，"你们见面了？"

接完电话，龙平似乎并无什么变化。

郑义走过来，冲秦勇、童湘点点头，到了龙平面前。

"安队，没事儿吧？"郑义说。

"第一现场在哪儿？"

秦勇说："交通事故，杀鸡何必用宰牛刀？"

"肯定不是。我去看了，路边没有任何刹车印。不管是汽车的，还是电动车的。"龙平说，"没有碰撞痕迹，没有车体碎片，只有一摊血。"

秦勇不说话了。

郑义点点头。"没错，安队，根据现场情况，我怀疑车祸现场是伪造的。"

"说说看。"

龙平手机振动，杜润生来电，龙平拒接。秦勇瞪大眼睛，看着龙平。

"领导来电，你怎么不接？"

龙平打量了一眼秦勇，转脸对郑义说："你接着讲。"

"刚刚勘察过了，有三个现场，"郑义边说，边走到路边那摊血边，"据目前掌握的情况，可以判断，第一现场在这里，第二现场在电动车的位置，第三现场在更下面，死者所在的位置。"

"你怎么这么确定？"秦勇赶上来。

龙平看看他揣着左手的裤兜，鼓鼓的。

"你手怎么了？"

"没事儿。"秦勇说，"有点抽筋。"

"来，秦勇，你跟我过来看看。"龙平说完，带着秦勇，到了路边，"你看，在路边出现血迹的地方，没有刹车痕迹、刮擦痕迹和碰撞碎片，所以，可以肯定，这里没有发生车祸。但为什么有血呢？是谁的，这个需要采集血样，进行分析。"然后，一行人在龙平带领下，到了电动车侧倒的地方。

"另外，你看，第二现场，车身根本没有冲撞痕迹，完好无损。而且，倒地的电动车，只在向上的一侧发现有滴落血迹。说明什么呢？血是在电动车倒地后，从上面滴落的。另外，从第二现场到第三现场的死者之间，十几米的灌木上有擦拭状血迹。"说到这，龙平像是想起了什么，"现场血迹是死者的么？"

"根据现场血迹的遗留时间，还有死者死亡时间，可以初步判断，这些血迹均来自死者。"郑义说，"当然，其中是否还有其他人的血迹，仍需将死者血液和现场血迹进行DNA比对。"

秦勇听到这些，悄无声息，退到了公路边。他假装若无其事地打电话。童湘也跟了过去。

龙平看着两个远去的年轻人。

"老郑，你认为，这些擦拭状血迹说明什么？"龙平问。

"说明在第二现场，电动车的位置，死者还有生命迹象，所以会在电动车向上的一侧发现滴落血迹。然后，他沿着这个路线，往下走。"郑义指了指灌木丛。

"为什么不往路边，往上走？"龙平问。

"这个就需要进一步研究。"郑义说,"根据现有血迹判断,死者生前曾沿着灌木丛走了有十几米,擦拭状血迹就是这时移动产生的。"

龙平在死者身边打量了一下。

"死者头部伤口有……"郑义说。

"有两种。"龙平接上。

郑义点点头。

"一种是锤状钝器,反复击打。"郑义说,然后他指了指另一侧,"这些伤口也很致命,但不是锤子,而是不规则的石头。"说着,郑义指了指旁边已经标号的几块沾有血迹的石头。

龙平像是突然明白了什么。

"有没有可能,死者被人在此用锤子击打头部倒下后,行凶者以为他已经死了,便逃离了。但没过多久,死者醒了,爬起来,正要走向路边呼救,被另一人追上来,就地捡起石头砸他头,直到把他砸死。"

郑义看着龙平。"你说得有道理,但这只是猜测,最终,要等 DNA 检测结果出来,才知道现场出现了几个人,都是谁。"

这时,附近山里,爆炸声响起,大地震动。龙平循声望去,就见秦勇在前,童湘在后,走了过来。

"怎么回事?"龙平问童湘。

秦勇不假思索:"山里采石场,爆破施工。"

第十五章

蒋锋家很普通，妻子在一家民办幼儿园当老师，儿子三岁。见到这对孤儿寡母的时候，龙平不由得心生愧疚。

孩子哭得很厉害，蒋锋太太也昏过去几次，赶忙送医院抢救。

秦勇回来的时候，一脸轻松。到办公室门时，发现龙平在座位上看他，愣了下，冲龙平微微一笑。

半小时后，秦勇开车出了公安局大门，龙平坐副驾驶座，童湘在后面叽叽喳喳。

"你们俩太沉闷了。"童湘说。

"死了个人，你怎么这么高兴？"龙平的话像子弹一样打中了童湘，童湘便再也没出声。

"小童也是为活跃气氛，没别的意思。"秦勇说。

"报案人的手机，什么时候无法接通的？"

"我也不知道。"秦勇说，"就刚才，你说要去走访，我一打那个电话，无法接通。"

秦勇把手机递给童湘。

"你多拨几遍，看能不能打通。"

电话里传来冷冷的人工合成的女声："您所拨打的电话无法接通。"

"你怎么知道他在台山采石场？"

"安队，你不是老教育我们，要细致深入，再细致，再深入么。"

到台山采石场时已是半夜，刚到大门口，便有人拦在了车前。

"警察。"秦勇明示身份，阻拦的人面面相觑。其中一个要打电话，秦勇下车，劈手抢了过来。

"带我去见罗场长。"

"场长没在，我们还找他呢。"

"老蔡呢？"秦勇问。

"哪个老蔡？"那人说，"我们这里，好多老蔡呢。"

"蔡志成。"秦勇不假思索。

拦车的人大眼瞪小眼，看看秦勇，又看看车里的龙平和童湘。

"死了。"岁数大点的说。

龙平下车，往里走，几个人要拦。见龙平表情威严，犹豫着，跟两步，停一停，然后再紧追上来，不离龙平左右。

报案人蔡志成死了，被雷管炸死了，身首异处，肝脑涂地。龙平见了，忍不住想吐。童湘注意到了这些，没吭气。

"这小子，手脚不干净，敢偷雷管，"一个光膀子大汉

126

说，"报应了吧。"

龙平在抽烟。周围的一切，青烟萦绕，亦真亦幻，连金兰的说话声都难辨真伪。

"出去抽去。"金兰起身，瞪着龙平，"没完没了了。"

龙平盯着自己的双脚，想着下一步该怎么办。

"太呛了。"金兰说。

龙平一动不动，仍蹲在那里，低着头。

"离个婚，对你有那么难么？"金兰提高了嗓门。

金兰的声音环绕在龙平脑海。本来，龙平决意离开，但蒋锋和蔡志成的死，让一切变得扑朔迷离。想着那个光天化日坠落桥下的安全，那个也许与自己有着千丝万缕关系的陌生人，龙平有种说不出的感觉。

正发呆时，身后有动静。

回头看，一个黑洞洞的枪口，正对着自己的脸。

金兰头发蓬乱，盯着龙平。

"你是谁？"她问。

说着，扣动扳机。

龙平从梦中惊醒坐起。

"有什么新线索么？"龙平问。

"安队，"郑义说，"在离爆炸现场五十米的大石头后面，石头缝里，发现了一把钥匙，车钥匙。"说着，郑义拎起封装在证据袋中的车钥匙。

"看钥匙，是大众汽车的。"

郑义说着，看看秦勇，又看看龙平。

"有点像普桑。"秦勇说。

开完案情分析会，杜润生把龙平和秦勇叫到了自己的办公室，有些生气。他说："一个简单的交通事故，叫你们搞得天翻地覆。"

"没那么简单。"龙平说。

秦勇默不作声。

"在伪造的车祸现场，采集到另外一人的指纹和血迹。"龙平说，"此人很可能是凶手之一。"

秦勇有些意外，杜润生看了眼他。

"死者被拖拽到第二现场倒卧的电动车旁，头部被钝器反复重击。行凶者认为此人已死，所以离开。没想到死者苏醒，应该是发现了行凶者的同伙，于是沿着灌木丛往下跑，在灌木丛叶上留下擦拭状血迹。但最终被另外一人，用随手捡起的石块砸死。"

"为什么不用同一个钝器？"杜润生说，"比方说，那把锤子。"

"第二次赶来行凶的人，手里没有锤子。"

杜润生笑了。"不是说同伙么，怎么会不带工具？"

秦勇如释重负，脸上掠过一丝不易察觉的笑意。

"要讲证据，不能讲故事。"杜润生看着龙平，表情意味深长。

第十六章

蒋锋和蔡志成的手机都不知去向。

蔡志成的手机，除报案的电话外，其他都是打给他儿子的。此外，他曾打过两个公用电话，也都很简短，一个电话位于市中心青龙广场附近，另一个是距采石场很近的一个小卖店。

龙平特地去青龙广场看了一下，公用电话亭距自己停车等蒋锋的地方不远，就在停车场边一个很不起眼的角落。龙平发现，站在那个电话亭里，可以清楚地看到青龙雕塑周围的每一处细节。另一个电话位于青龙广场到事发现场的必经之地，是一家路边小卖店，车来车往。

龙平的车停在小卖店外。路边，停了好几台大货车。

这两天秦勇请事假，一直没有露面。龙平因为身体不适，所以让童湘开车。自从那天被龙平训斥后，童湘像是变了个人。

她把车停下，轻声说了句："到了，安队。"

小卖部的老板很忙，有几个人在排队打电话。

因为穿的是便装，龙平和童湘很像一对闹矛盾的小夫妻。

"来的人太多，什么样的人都有。"小卖店老板说，"我哪顾得上听他们说什么。给钱就行。"

说到这，打量了一下龙平和童湘："你们这样的少。"

去台山采石场的路上，童湘一直没有说话。

"小秦的手怎么了？"龙平问。

"我也说不好。"童湘从反光镜里往后看了一眼。

山路崎岖，路上有装满石料的大车颠簸着驶过，不时从车斗里落下碎石。

龙平和童湘在蔡志成死亡现场附近查找的时候，看到不远处缓坡上走过来一个人，白裤白褂白鞋，拄着一根白色的拐杖。

龙平以前从没有见过他。

"谁啊？"龙平问。

童湘愣了愣。

来人热情地大声说："安全，怎么来了也不说啊？"说着，冲旁边的童湘点点头。

"罗总。"童湘声音不大。

龙平压低声音："你认识他？"

"全龙城，有几个不认识的？"童湘说，"你挺能装。"

这时候，罗德坤已经到了近前。

他腰板挺直，身体很筋道，像是经常健身的人，小平头也见棱见角。

"罗总。"龙平笑了。

"到我的地盘上了，还不提前说。"说着，看看童湘，"小童越来越漂亮了。"

童湘笑着，把脸转向一边。

"什么事儿？"罗德坤的表情变得认真起来。

"蔡志成死的事情，我再到现场来看看。"

罗德坤皱了皱眉头，继续微笑着。

"安全，来，你过来一下。"说着，对童湘点点头。

童湘识趣地退到一边。

"据我所知，这个案子，结论已经很清楚了。"罗德坤说，"蔡志成是偷雷管，被炸死的。"

"你怎么知道？"

"龙城没有我不知道的。再说，蔡志成是我集团的职工。"

龙平一脸吃惊的表情。

"安全，咱俩是刚刚认识么？"

龙平没有接他的话茬。

"蒋锋的死，蔡志成是目击证人，"龙平说，"有人杀人灭口。"

"这是一种推理，一种可能，但，未必是事实。"罗德坤说，"如果我告诉你，现场发现的车钥匙是你车上的。你觉得，一般人会怎么推理？"

龙平打通了石开明的电话。

"开明，你让蒋锋给我送的报告，什么内容？"龙平说。

"怎么回事，这时候来打扰我！"石开明喊，像是喝醉了一样。周围，传来了女孩劝酒的声音，还有男人们高谈阔论的议论声。

"开明，跟谁打电话呢？"有人问。

"我儿子。"石开明说，"行了，知道知道，老爸给你买，挂了，挂了吧。"

然后挂掉电话。

龙平正发愣，短信到了，石开明发来的：找个公用电话打给我。

龙平出了大门，向左拐，走了几步，到了卖烟的小摊那里。有几个人在聊天，看上去有些眼熟，于是龙平继续往前，匆忙打了辆车，漫无目的地寻找公用电话。终于，在偏僻的街道一角，发现一部颇为隐蔽的公用电话。一位大妈正在挥着蒲扇，驱赶蚊蝇。

龙平下车，四下看看，无人跟踪。远处，红绿灯下，一个男人手拎纸袋，边打手机边四下张望。

大妈耳背，必须大喊大叫才能听清，这让龙平放心很多。他大声喊着，买了两盒烟，大妈因为做成了买卖，兴高采烈地哼起了小曲。

龙平用公用电话打过去，石开明立刻挂断。龙平正欲再打过去，想了想，最终作罢。又等了一会儿，仍没有回电，龙平转身，准备离开。

这时候，电话铃响了。龙平一接，是石开明。

"你怎么才回？"

"我也找了个公用电话。"石开明说。

"怎么回事儿?"

"电话里不能说。明天下午两点,你到山城,我们在时代广场的西屋咖啡馆见。别忘了,坐在金鱼缸边上的那张桌子。"

第二天早上,小区里晨光熹微。龙平出单元楼门,匆匆离去。

看门的老全正在院落一角扫地,没有注意到从不远处走过的龙平。龙平出了小区院门,转头看楼上,安全曾经的家,自己的暂居之地,灰暗一片。

龙平没去单位。身揣所有安全的证件、卡和那个小小的笔记本,龙平打车,离开龙城。天亮的时候,龙平发短信给杜润生:因身体突感不适,去医院查病,请假一天。

然后,他拔掉电池和手机卡,装进了一个封存证据的塑料袋里。

出租车开往浮云镇方向。

龙平摸出手机卡和电池,一不小心,褐色封皮的小笔记本掉了出来。他这才意识到,自己一直忽略了这个破旧的小本本。

龙平打开小本,上面有几个电话:石开明的、同事的。还记了一家人的生日,及其他几个陌生人的生日。

再翻两页,在一张空白页上,有几个大大的字:三份检材,1号,我;2号,安倚天;3号,安红。

再翻，没有什么了。龙平很失望，正准备合上小本，突然发现，笔记本最后几页插入到了小本的褐色封皮里。他小心翼翼抽出来，展开，看到上面用非常细小的字，密密记载着很多信息：

一百三十三根金条，两千万现金，锦鲤池下。

国内房子，高层二十套，跃层五套，独栋三套，都有详细的地址门牌。有些房子后面标注了三个字：藏现金。

此外，还有国内银行和国外银行账号，密密麻麻，十几个。

另有两个别墅的地址，都是英文的。旁边注了两个中文词：西温、洛杉矶。

最后一行，是一个邮箱，旁边写着几个字：名字＋生日。龙平估计，那是密码的组合。

即将进入浮云镇时，龙平发现，在一处宽阔的大路边，有一座公用电话亭。

"师傅，停车。"龙平说。

电话亭周围，行人匆匆。

"喂，谁啊？"电话里，传来方美懒洋洋的声音。

"我。"

一听是龙平，方美高声叫："在哪儿呢？"

"你干吗呢？"

"过来吧。"方美说，"我搬家了。"

不久，龙平出现在方美租住屋的门口，方美一脸惊喜。

"什么味？"龙平问。

"刚洗澡。"方美笑。

龙平坐在沙发上，方美给他倒水。

"这个地方，还有谁知道？"龙平问。

"没人知道。"方美说，"如果你不是人的话。"

龙平拿出塑料袋，看到里面的手机和手机卡，像是想起了什么。

"给我买个卡去。"他说。

方美穿上短上衣、牛仔短裤，踩着高跟凉鞋，出门。

龙平上网，按照小本子上的邮箱地址和密码组合，试了两次，登录了上去。邮箱里存了很多照片、视频，标题都是某某证据，并给它们编上了号。同时，另有一个文档，名字是《一个警察局长的内幕》，列举了安父各种贪腐细节，包括海外购房、准备携款外逃，等等。

龙平上网的时候，电视上的点播视频正开着，是过去的一期《安全说法》。节目里，安全略显呆板，甚至无精打采。龙平靠在沙发上，不觉倦意袭来，昏然入梦。

睡梦中，龙平似乎又回到了伊拉克。陌生的土地，陌生的人群，尘土飞扬，车途漫漫，透过厚厚的防弹玻璃窗，看着外面尘土中的城镇和村庄。

突然，枪击声不断。子弹击打在窗玻璃上，叮叮咚咚，打在车体钢架上，乒乒乓乓。车并没停下，而是加快速度冲刺。漫漫黄尘中，敌方车辆像狼群一样，在追逐着猎物。

弹如飞蝗。

大海拉了龙平一把，大喊一声"卧倒"。

一颗子弹穿过他的头颅。龙平眼前，一片血红。

再睁眼时，龙平发现，自己正站在那条与安全擦肩而过的街上。街道是倾斜的，安全站在远处，面目模糊。龙平看着他，像是在看镜中的自己。一群黑洞洞的枪口蝗虫般飞来，指向安全。细看，原来正对着自己。

在枪口组成的蜂巢里，子弹像一群黄蜂，倾巢出动。

龙平惊醒。方美蹲坐在跟前。

"又做噩梦了？"她说。

龙平看了她一眼。方美笑了，递给他电话卡。

"现在不用怕了，你是警察。"

德安公馆包间的窗台上，君子兰在默默开放，像时光的剪影。

"他不是安全。"金兰说。

"你怎么知道的？"安父说，"他的屁股上没有胎记？"

"赶紧把他弄走吧。"

"现在留着他，有用。"安父说。

"假的能有什么用？"

"有时候，假的比真的好。"

"什么意思？"

"我们的钱往外走，还差几天。他一个假警察，为了保住自己的身份，暂时不可能举报我们。再说，他也没有那些材料。"

"当然，是在他觉得自己没有被发现的前提下。"

"有这么安全么？"

"当然。不过，这个安全，也是暂时的。"安父说。

有人敲门。

"请进。"金兰说。

门没开，似乎来人正在外面犹豫。然后门开了，罗德坤走了进来。

罗德坤看上去精干结实，瞟了眼屋里，一脸不卑不亢的微笑。

"罗总。"安父脸上有些许不快。

"哦，实在是对不起。"罗德坤说，"没想到，嫂子在。"

金兰的表情也不自在了。

"过了啊。"安父说，表情略显尴尬。

"我，"罗德坤看看金兰，又看安父，一脸微笑，"我以为，就您一个人在。"

"我该走了。"金兰说。

"不是这个意思。"罗德坤赶忙说，"嫂子，都是我的错。"

"罗德坤，你什么意思？"安父急了，"金兰是我家儿媳妇，你他妈怎么满嘴喷粪？"

金兰慢慢起身，看了眼罗德坤："罗总，我和安全一直是非常敬重您的。您升官也好，发财也罢，没少得到……"

"金兰，别说了。"安父轻声说。

金兰离开后，安父余怒未平。

"你什么意思？"

"我一直把您当亲大哥，没当外人。"罗德坤说。

"你太不把我当外人了。"

"安局，您能走到今天……"

"多亏了你？你就会拿这个威胁我，"安父说，"知道人为什么养狗么？"

罗德坤一愣，看着安父。

"狗什么都知道，但不会乱说。"安父说，"即使乱咬，也不会咬主人。"

罗德坤笑了，眼睛眯成了一条线。

"懂了。"

"没有我，你能有今天？"安父说，"龙城银行行长的灭门命案，你以为我忘了么？没我帮你挡着，你能有今天？"

罗德坤面部肌肉抽搐了一下。

"安哥，您要这样说，我还真得和您论一论。"罗德坤坐下来，不紧不慢地沏了道茶，然后打量着安父，"这个德安公馆，兄弟就是为您老兄经营的，虽说是我出钱出力出人打理，但钱，大头儿都上了您老哥的腰包里。"说到这里，罗德坤慢慢品茶，将茶盏轻轻放在桌上。"您说呢？哥。"

"没有我给你撑腰，你在龙城，能有那么大的产业、那么多的买卖？那些，谁拿大头儿？"

"安哥说得对。"罗德坤说，"但您抽成比例也不少，肯定拿不到台面上，否则大家都会很不好意思。"

安父起身。"算了，我还有事。"

罗德坤说："我还是希望您能把我当兄弟，背靠背作战，可以把自己的身后交给对方，从不担心背后挨枪子。"

安父脸上，现出痛心疾首的样子。

"德坤，你说，我对你这么好，你难道体会不到？"

"您屁股上有屎，我屁股上也夹着屎橛子呢，这个，我忘不了。"罗德坤说，"但我不希望，给您干着脏活累活，最后，被您像狗一样干死。"

安父脸上，开始现出慈祥的表情。

"在这个世界上，你是我唯一敢以命相托的好兄弟。"

方美躺在床上，像是春天的田野。

电视上，在播安全的老视频，他在讲破获一起车祸谋杀案的情况。

方美看了眼龙平的侧影，龙平高鼻梁，挺帅。

"别走，就待他们家，怎么了？"方美说，"不都那啥了么。"

"那啥？"

"还用我说么？你不是挺那啥的么。"方美笑。

龙平点了支烟，没再说话，翻看手机上的监控软件，两个监控设备都是离线状态。他皱了皱眉。

"反正我觉得，那女的，肯定有不可告人的秘密，就算发现了你不是安全，她也不敢轻举妄动，免得坏她的大事。当然，也有可能看上你了。"

"放屁！"

"我的感觉很准的。"方美说，"女人心，海底针。"

"你真不在乎？"龙平说。

方美不说话了。

龙平把电视调成静音，靠在沙发上，看天花板。

"我感觉，老头子那里，事更多。"方美说。

"为什么？"

"你想想看，要是正常人，他能这样么？"方美说，"他会说：你不是安全，那姓安的警察哪儿去了？我儿哪里去了？是不是这个理？"

"所以呢？"龙平看她一眼。

"所以，当爹的、当老婆的，都装糊涂，说明心里有鬼，怕。"方美说，"他们怕，你就别怕了。"说完，快步走过来，蹲在沙发边，小鸟依人地看着龙平。

"给我找一套你的衣服。"龙平突然说。

"你想干吗？"

第十七章

下午，方美和一个高个子妙龄女郎一前一后，走在山城的街上。

方美一身邻家女孩的打扮：素素的牛仔裤，像刚毕业的大学生。

女孩则长发披肩，齿白唇红，穿着黑丝长裙，裙摆略短，看上去高雅妖娆。

"龙哥。"方美扯了一下女郎的手。

"叫平姐。"妙龄女郎说，声音有点粗。

"平姐，长得真美。"方美说。

龙平忍不住得意起来。

"就是嗓门太粗。"方美笑。

龙平悄悄掐了方美一下，方美尖叫，引来两人驻足观看。

此前，一听说龙平要去山城，方美非要跟着。在她死缠烂打之下，龙平点头同意了。

"跟我出去，行。不过，离我远点。"龙平说，"我在前，你在后。"

方美拼命点头，满脸开心。"这样逛街，真刺激。"

"不上班了？"

"请假了。"

走在街上，方美总忍不住靠到龙平旁边，拉龙平胳膊。

走不多远，就有小伙跟龙平搭讪："大美女你好，加个微信吧？"

金兰翻看眼前的卷宗，心神不宁，忍不住给安父打电话。

"我担心，有猫偷鱼。"金兰说，"昨晚做了个梦，特别不好。"

安父沉吟片刻："半小时后，老地方见。"

金兰挂了电话，表情平静。

老地方是安父和金兰对观阆别墅的简称。那里少有本地人居住，别墅区的居民皆为省城、山城大老板，多作为休假之地，也有将之当作金屋藏娇之所。总之，别墅区的人都非常低调，与邻居老死不相往来，这样一来，小区显得格外宁静。安父是以港商唐生之的身份购买的这块地产。他极少在别墅露面。

安父开车抵达观阆别墅大门前，一对石狮睥睨一切。保安看看前挡风玻璃处的通行证，立刻敬礼放行。随后，安父在售楼处旧址的停车场看到了金兰的车。金兰的车也换了车牌，和安父的车一样。因为都戴着墨镜，看不出两人的模样。

安父把车停到车场树荫下，和金兰的车并排而立。安父下车，进到金兰的车里。车里弥漫着香水味道，后座上放着安红做的手工，仪表盘上方平台上，摆着一个弹簧的芭比娃娃，可以看出，这是安红的口味。

"罗德坤那天怎么回事儿？"金兰说，"都已经有恃无恐了。"

安父往前看了看，没说话。前方林荫道上，一条狗边跑边往这边张望，跑着跑着跑偏了，被路边的台阶绊倒，来了个狗啃泥。

"这小子，我也没想到。"

"你就是太相信他了。"金兰说，"狂得不行。"

"他能走到今天，还不是我罩着他。"

"人家还觉得，你有今天，应该感激他才对。"金兰说着，点了支烟，把玻璃放下来。立刻，热风涌入。

"我觉得，你已经被他控制了。"金兰说，"否则，他不至于那样无所顾忌。"

"是么？"安父有些意外。

时代广场是山城的繁华之地，到处都是年轻人。此时，更多年轻人正在宽敞明亮、壁垒森严的写字楼里，拼命爬着那个被他们称作成功的梯子。因为是第一次见石开明，龙平在想着如何避免露馅。听声音，他感觉石开明应该是个大胖子。所以坐下来后，紧张地四下看。咖啡馆里人很多，方美到靠墙角的一个地方坐下，像是个很闲的女孩，一副慵懒随意的模样。起初一切还好，但很快，令龙平担心的事情发生了，一个小伙子上前搭讪，看上去年轻帅气。

龙平将目光转回来，继续四下看。

周围全是大胖子，都像他想象中的石开明。几十个石开明都在谈共享经济、人工智能、风口上会飞的猪。这让龙平脑中生出一个幻象：中国的上空，飞满了微笑的猪。

金鱼缸边，有一张桌子，刚好空着。

龙平优雅地坐下，四下看。一个方脸的男子站到了龙平面前。

他身材高大，肩膀宽阔，声音低沉。

"姑娘，"他说，"这个桌子，我能用么？"

龙平甩了甩一头秀发，扭脸看了看四周，然后看着眼前的方脸男子。

"你是跟我说话么？"他努力让自己的声音听上去轻柔细腻。

"啊。"方脸男子瞪了一眼，然后看看周围，"就是跟你啊，姑娘。"他说："这周围也没别人啊。"

"跟女士有这么说话的么？"

一听这个，方脸男子不好意思地笑了。

"妈呀，刚才一着急，忘了礼貌了。"他说，"我一直是个绅士。"

说着，坐了下来。

"美女，请问，您这里，有人么？"

"有啊。"龙平说，"等一个朋友。"

"叫啥？"

"姓石。"

"呀，我本家。缘分。"

"石开明。"龙平说。

那人一慌，连人带椅子，摔倒在地。

安父和金兰下车，从另外一侧，绕路走向别墅区。他们看上去很像是家人，在静静地散步。

安父说："要是钱都转出去，那我们就全踏实了。"

"抓紧。"金兰说。

安父点头。

"不能在一棵树上吊死。"金兰说。

"你是说罗德坤？"

"那还有谁？"

小区很安静。人工湖里，两只天鹅在悠然戏水。荷叶田田，蜻蜓掠过水面。

"我也很担心。后面再转钱，不让他弄了。"安父说，"我不接受任何人坐地起价，更别说要挟我了。"

"请神容易送神难。"

安父没说话。

"别忘了，还有你那个假儿子。"金兰说。

"他还有用。"

西屋咖啡馆内，到处都是热烈谈论大生意的老、中、青三代。方美早已消失在远处的人海之中。龙平假意起身，见方美和那人仍在，总算心里平衡了一些。

龙平坐下后，见石开明正打量自己。

"你什么时候有了这个本事？"石开明说，"化得还真像，我差点儿爱上你。"

"蒋锋为什么被杀？"龙平问。

"我还想问你呢。你说呢？"

龙平看着石开明。

"你小子越来越会演戏了，"石开明说，"他死，就是因为你。"

龙平低下头，想着该如何应对。

"都是因为你小子，非要做亲子鉴定。"石开明说，"我让蒋锋帮着你做了，然后他就成了一个替死鬼。要不然，死的就是我。"

龙平看着石开明。

"看我有屁用啊。"石开明说，"亲子鉴定，你家的人，没一个和你有半毛钱关系。安红，是人家老头的孩子。这结果要是透露出来，准上头条、热搜，到时候，你就是全中国最大的绿帽子、大傻逼。"

"操！"龙平骂。

旁边经过的一个年轻人吓了一跳，咖啡洒到手上，龇牙咧嘴看着龙平。

"你家老头子肯定要捂住这事儿，"石开明说，"最简单的办法，杀人灭口。"

临分手时，石开明给了龙平一份亲子鉴定报告复印件。

"这是救命稻草，"石开明说，"他要杀你，你就说，你一死，这玩意儿全世界都会知道，他立刻得尿了。关键是，要把这些材料提前存在网上，确保安全，否则会招来杀身之祸。我建议，你把你知道的那些，当然不只你们家DNA这种狗屎事，还有老头子贪污腐化的，甚至涉黑的，都整理好，都放网上。记住，狡兔三窟，才能留条活命。"

龙平打开鉴定报告。正看着，方美一把抢了过去。

二人在皇室冰淇淋店，店里的人不多，大厅里回荡着缓慢悠长的音乐。

"你吃，我看。"方美把冰淇淋塞给龙平，抢过亲子鉴定报告。

"字太多了，看着就晕。"方美说。

上面是密密麻麻的字。龙平直接去看最后的结论。

"根据DNA分析结果，排除1号检材所属人与3号检材所属人的亲子关系。排除2号检材所属人与1号检材所属人的亲子关系。支持2号检材所属人与3号检材所属人存在亲子关系。"

龙平从兜里摸出那个揉皱的小本。翻到有数字的那页，上写：三份检材，1号，我；2号，安倚天；3号，安红。

方美吃了一惊。

"不可能。"方美说，"太过分了！"

"姓安的成什么了？"龙平说。

"应该说是，你成了什么了？"方美一指龙平。

龙平沉默不语。

"成了……"

"闭嘴。"龙平说。透过窗玻璃，看着远处。

那个叫安全的警察出现在眼前熙攘的人群中，停下脚步，转过身来，默默看着自己。

周围人声嘈杂，没人注意他俩。

方美说："我原来觉得，你是局长的儿子，你妈又是检察院退下来的，前途无量啊。"

"我名义上的老婆还是法院的呢。"

"这和我没关系。"

龙平瞪方美一眼，低头吃冰淇淋。

"这下好，这几个人，都和你没关系。"方美说，"不过，在他们家待着，有好处。"

"什么好处？"

"好歹你还是警察。再次的警察也比抢劫杀人犯好。"

"扯淡，我没杀人，龙门警察造谣，害我。"

邻座，一个胖胖的小学生模样的男孩抬起白胖的脸，黑框眼镜后的小眼睛惊恐地看看龙平，又看看方美。

"不准说警察叔叔坏话。"胖男孩说，"警察都是好人。"

龙平打量胖男孩。

"你还说脏字了。"胖男孩怯生生地说。

胖男孩边上，一个中年妇女忙向龙平摆手，一脸歉意。

龙平推杯走人。方美慌忙喝了口冷饮，依依不舍地站起来。

"我还，我还没吃完呢。"说着，一步三回头地跟着龙平跑了。

安父和金兰拐过凉亭，再往前走，就是观阆别墅一号楼。

远远地，一辆搬家公司的车停在别墅门口，工人像搬家的蚂蚁，弓着腰，背着一个个纸箱，往来穿梭。

安父紧张起来。

"你找的搬家公司？"金兰一脸困惑，看着安父。

安父摇摇头，金兰会意。

"走，咱们接着走。"

金兰说着，昂首走在前面。安父紧跟在后，略显踌躇。

"操，什么玩意儿？死沉死沉的。"一个工人说。

"除了纸，还能有什么，肯定是书啊。"

"你怎么知道？"一个工人闪了下腰，把纸箱放了下来。箱子松散了很多，像是随时要破的样子。

"箱子上不写着了么，学习材料。"一个说，"学习材料，除了书，还能有什么？"

这时，屋里冲出一个青年，文质彬彬。安父见状，正要发怒，又出来五个穿黑短袖衫的男子，对着安父和金兰怒目而视。

"千万别摔了。"年轻人说，"摔坏了，你们可赔不起。"

"哥几个，都好好的，坤哥的东西，可得小心。"年纪大的黑衫人说。

安父发现，"四海兄弟搬家公司"几个字是用双面胶新

149

贴上去的。

"搬家啊？"金兰问。

"啊。"年轻人说。

黑衫人眯着眼睛，打量着安父："你们住哪儿？"

"十八号楼。"金兰说，"水边。"

年轻人催促工人抓紧干活。

"能留个电话么？"金兰说，"我们搬家，也找你们。"

"网上自己查，客服会派活，我们不能私下接活。"

"小伙子，你住这儿？"安父指指别墅一号楼。

"我亲叔的房子。"年轻人说，"杂物太多，赶紧搬走，收拾好了，接我叔过来住。"

"快点，赶紧。"黑衫人喊了声，蚂蚁们匆匆忙忙，加快了搬运速度。

空气中，充满了油墨气息和金钱的味道。

"你去把这个复印了。"龙平手拿文件，指指前面一家复印店。

"几份？"

"两份。"

龙平把报告递给方美。

方美说："上面光写着1号、2号和3号，又没写名，印了也不知道是谁的。"

龙平笑。"你还挺聪明。"

"反正不傻。"

"那就标上去，1号是安全的，2号是安倚天的，3号是安红的。"龙平说。

说完，立刻嘱咐道："不要写安红的名字，写'安全女儿'这几个字。所有的文件里，安红的名字都替换为'安全女儿'。"

"你比我就聪明这么一点。"方美俏皮地出了一个剪刀手。

"还有这个小本子上的内容，"龙平说，"复印两份，把小本上所有内容扫描成电子文件。"

方美得意一笑："我早就想到了。"

没等安父去开车，搬家公司的车已经迅速离开。

"别追了，来不及了。"

安父和金兰悄悄到了一号楼前。

周围没人，小区别墅大都是空置的。

安父拨通了杜润生的电话。

"润生，你帮我找交管局的兄弟查一下，刚刚十分钟之内，从观阆东路和观阆南路经过的一辆贴了'四海兄弟搬家公司'的车，查一查这个车的去向。"

"车牌号多少？"

"我估计是假牌子。"安父说，"你记一下。"

门开了，安父感觉自己像是入室盗窃的贼。

屋里的监控探头看上去完好无损，但已经被拔掉了电源，储存卡也被拆除了。进到屋里，客厅、卧室、地下室，所有的地方都空了。可见，抢钱者不止来了一次，而是多次往返，非常从容。

"这哪是抢啊？这是搬啊。"金兰说，"报警。"

"胡闹。这一屋子的钱，报警，说钱丢了？"安父说，"说得清楚么？"

进到里间，看到满地电线、数据线，安父有些泄气。

"监控的硬盘也被拆走了。"

"我用手机偷拍了他们。"金兰说。

安父拨了下龙平的手机，仍是关机状态。

"会不会是他干的？一天没露面，接着就出了这事儿。"金兰说。

"千万别打草惊蛇，"安父说，"让我查出来是谁，我饶不了他。"

方美跑回来，抱着一堆复印的材料。

"他们会不会追杀你啊？"

方美的脸红红的，在霓虹灯下明灭。

"你韩剧看多了吧？"

"我不怎么看。"

龙平被方美傻里傻气的样子气乐了。

"我是担心你。"方美说。

"没事。"龙平说，"这里不安全，你赶快回浮云镇，把原件藏好。如果两天之内联系不上我，就把这些材料的电子版，还有安全给的邮箱账号里的所有材料，全都发布出去。"

"万一发错了呢？"方美声音有点抖。

"你如果有两天联系不上我，我肯定出事儿了。发出去，错不了。"

"万一我死了呢？"方美说，"而且，死得比你早，谁发？"

龙平愣了下，看着方美。

见龙平发愣，方美得意地笑："哈哈，这回我比你聪明了。好了，扳回一局，我心里平衡了。"

龙平眼红红的，低头点了支烟。

"别担心，"方美一脸坦然，"我把这些证据都贴到网上，设置好发布时间。比方说，我今天贴上去，设置三天后发布。假如我明天死了……"

"别胡说八道。"

"放心，我死不了。"方美说，"我还要跟你以后过日子呢。"

"胸大无脑。"龙平说。

"啊，太好了，我有胸就行。"方美说，"脑子对我不重要。"

龙平看看方美平坦如处子的胸。

"大了？"方美问，充满期待。

"很大。"

方美听了，孩子似的笑了。

"接着说。"龙平说着，打量一下四周。不远处，有两人像在商量事，又像是在偷窥，见龙平看他们，转身离开了。

龙平赶忙拉方美到了一处僻静角落。

方美傻呵呵看自己的胸，"还是飞机场"。她说，有些失落。

"越平，越能起降大飞机。"龙平一脸坏笑。

方美生出一种感动，忍不住搂住龙平。资料散落一地。

小巷深处，全是人间烟火。打骂孩子的声音，夫妻吵架的声音，婴儿啼哭的声音，还有唱歌、弹奏的声音，间或夹杂一两声叫床声，像是人间最强音。

第十八章

那天，在山城，龙平悄悄去了安全小本子上写的小区：上山半岛。小区里有几套房子，都在小本子上。小区封闭式管理，无法从正门进入。龙平观察了一下，保安看守严密，于是便作罢，找了个僻静之处，轻松翻墙而过。他飞在空中的时候，长发飘飘，裙裾舒展，像是仙女。落地之后，发现一个男孩正在撒尿，被龙平一吓，咧嘴要哭。

"姐姐忘带家里钥匙了。"龙平说，"你随地大小便，我不报告，你也别说我翻墙的事儿。"

男孩一脸委屈，点点头。

上山半岛房子的情况，与小本子上记录的完全一致。

另一个小区临江仙景进去则容易得多，小本上所列房子，都为空房，多年无人居住。回龙城的时候，龙平拦了一辆顺风车。在浮云镇，将方美放在一处公交车站，然后返回龙城。

进城不久，就接到了安父电话。

"安全啊，总算联系上你了。在哪儿了呢？"安父语气柔和，充满了亲情。

"就在龙城。"龙平说，"我去接安红。"

"金兰去接她了，带红红去游乐场。"安父说，"今晚在解放公园，有消闲游乐啥的。"

"那我回自己家。"

"你妈在家做饭了，你回来吃吧。"安父说，"晚上，我和几个老战友吃饭，在皇宫酒店，你到时候来接我一趟。"

"你的车呢？"龙平问。

"让小熊这个熊玩意儿给剐了。"安父说，"开车毛手毛脚，不稳当。"

"我有事儿。"

"什么事儿？"安父不悦，"你顾伯伯、林阿姨说了，要见你，还说要一起喝酒。我一想，你今天心情不好，再一个，也不知道几点能联系上你，所以，就替你推了。不过，来接我，可是一定的。"

"开哪辆车？我那车恐怕不行吧。"

"那有什么不行？又不是见国家领导人。再说，你顾伯伯他们也不是外人，就开桑塔纳。"

龙平想了想，问："几点？"

"十点吧，"安父说，"要不，你九点半到，可以陪你顾伯伯说两句话。"

龙平嗯了一声："好吧。"

挂了电话，龙平到了青龙广场的地下停车场，沿着地下停车场潮湿的水泥通道，进到地下网吧。在网吧里，他熟练地把所有证据都上传到不同的云盘、网盘和网络账号，同时设置了发布时间。邮箱收件人是一长串的名单，都是各大媒体、政府机构的邮箱。那份亲子鉴定报告，龙平又看了看，折好，揣到兜里。

出来的时候，在地库，对面有辆车突然加速，冲了过来，大灯刺眼，龙平赶忙避开。

安父家的院子空空荡荡，龙平站在院子中央。那辆白色普桑停在远处树下，黑暗中，车身的白色有些怪异。抬头看，楼上客厅的灯亮着。其他卧室，窗口漆黑一片。

这时，小楼的门开了，保姆张姨匆匆出来。

"老太太正在家等您呢，念叨一天了。"张姨说。

"再见。"

"我一会儿还得回来，去趟旁边药店。"她说。

龙平打量着张姨，张姨脸上现出不好意思的表情。

"都怪我，刚才老太太非要给你削苹果，说你快回来了，结果，不小心，划了手一下。"

"我有创可贴。"

"那太好了。"张姨说，"我给老太太包上。"

"不用，我来吧。"龙平说，"您赶紧回家吧，马叔该在家等急了。"

张姨千恩万谢，离开了。

龙平去旁边药店买了创可贴，回到家。

一楼客厅，听到龙平的脚步声，安母转过脸。

她面带疲惫，眉头舒展。

“小全回来了。”

“嗯。”

“吃了么？”

“不饿。”

安母低头看看桌上的饭菜，面带失落的表情。

“听张姨说，你的手划伤了。”龙平说着，拿出创可贴，“哪里有伤？”

安母眼睛红红的，像是要落泪的样子。

安母的手指很粗糙，伤口不大，龙平帮她包扎的时候，她呜呜地哭了。

“我想弄明白一件事。”龙平说。

安母情不自禁抖了下。

“嗯，说吧。”安母声音颤抖。

“你可一定和我说实话，别再骗我了。”

一听这，安母低下头，再抬起来时，面带尴尬。

“问吧，孩子。”

安红噘着小嘴，看着金兰的大包小包。

“我要回家。”安红说。

金兰看了下表，说：“一会儿回。”

“那我给奶奶打电话。”

“好孩子，奶奶不在家。”

“奶奶天天没事儿，不可能不在家。”

"真的，妈妈不骗你。她和爷爷去一个战友那儿了。"

"什么是战友啊？"安红问。

金兰笑，拉她进了商场大门。

"外面有风，别着凉。"

"什么是战友？"

"战友啊，就是以前一起当过兵的人。有些老爷爷是你爷爷的领导，还蹲过牛棚呢。"

"为啥要在牛棚里呢？为啥蹲着呢？蹲着多累啊。"

"妈妈也不太清楚。别问了。都是很久以前的事了，和你没关系。"

"我也想蹲牛棚。"安红笑，觉得很好玩儿。

金兰笑笑。

"我能给我爸打电话么？"她问。

"不能。"金兰很坚决。

"为什么？"

安母呜咽，低头抹泪。

"因为不能生育，只好，收养了你。"安母说，"其实我和你爸一直把你当亲生儿子的。"

安母哭了。

"我亲爸、亲妈呢？"龙平语气很平静。

"没了。"安母说。

"死了？"

安母眼睛红红的，看着龙平，点点头。

"我还有没有别的……"龙平话说了一半。

"妈从不撒谎。你被人丢在了马市派出所门口,我和你爸好心收养了你。你生下来,就被父母丢了。你别恨他们,他们肯定也是没有办法,遇到大的坎了。我们找到了附近的医院,问了很多大夫,都没有找到你亲生父母。"

"就这些?"龙平问。

安母点点头。

星淡云稀,月朗如钩。

龙平在院里走,隐约觉得,草丛里有动静。

龙平站住,喊了声:"谁?"

草丛里传来一片窸窸窣窣的声音。

一只黑猫在夜幕下的草坪上倏然消失,后背如剑光一闪。

方美来电话。

"我不是跟你说过了,别主动联系我。"

"知道了。"方美说,"你那边没事吧?"

"暂时没事。"他说。

"哦,吓死我了。"

"记着我跟你说的么?"

"两天内你不打电话,我就把那东西全发出去。"

方美有点担心。"对了,两天后,按哪个时间算啊?现在往后两天,还是今天下午往后两天?"

"从我挂这个电话开始算,两天,明白么?"

"你小心点。"

"你别上班了。"

方美犹豫片刻。"我听你的。"

"还有别的么？"方美又问。

"如果发生什么意外，答应我，不要慌。"

方美在电话里呜咽起来。

清风徐来，乌云散去，天空一轮朗月。也许，现在，年迈的母亲正在山间仰望同一个月亮，她牵挂的儿子，正流浪远方。

挂了方美电话，龙平缓步走到锦鲤池边，坐下，抽烟。锦鲤池里，烟气缭绕，白雾升腾。按照安全的描述，池子下面，藏了千万财富，这令他无法想象。龙平假装不经意地抬头看，安母的黑影，立在二楼窗边。

九点二十，龙平的车驶出安父的别墅。

转弯上坡，是一片寂静的林荫道。

夜里，光线很暗，隐约可见两旁树丛中的楼群。

风从窗入。

龙平摸摸胸口处。外套暗兜里，亲子鉴定报告仍在。

车出主路，拐弯。

眼前是一条窄长窄长的路。

远远地，靠路边的地方，似乎有车在打着双闪，两个红点，像两只眨动的小白兔的红眼睛。

龙平减速。

车近了，是一辆白色小跑。闪烁的红灯，映着一个白衣长发的女孩。

女孩很美。红色灯光映着她的脸，仿佛羞红了一样。

她招手，拦住龙平的车。

"大哥，我车坏了，能不能带我到前面商业街，我打个车回家找人？"

龙平看看她。

"不相信我？"女孩说，"我是女主播，很有名的。"

她大眼睛忽闪忽闪，像是充气娃娃。

"你打电话不就行了？"

女孩笑了。"手机没带，我不记号码。"

龙平面露难色。

"算了，不带就算了，走你的吧。"她说。

说着，起身直腰，收拢胸前春光，甩甩长发，轻骂一句："靠。"

龙平开车，带着女孩。

快到商业街口时，见前面有车被拦，以为是查酒驾，便打方向盘准备绕行。

一个圆脸警察迎面拦车，敬了个礼。

女孩说："我下车了。"

刚推门，眼前一片闪光。相机、摄像机拥到车窗前。

龙平的眼前，亮如白昼。

"安哥，我们在执行公务。"圆脸警察说。

龙平不认识他，点点头。

"理解。"他说，"我没喝酒。"

圆脸警察笑。

"不查酒驾。"说着，补充了句，"酒驾不归我管。"

一只缉毒犬冲了上来，围着龙平的车兴奋地乱转乱窜。

周围，闪光灯亮如白昼。

"照什么照！"龙平挡住脸。

"对不住，我也是公事公办。上头要求，都查，不管谁，没法。"

"我去接我爸。"

圆脸警察笑。"请您出示下证件。对不住，没办法，上面有要求。"

"你叫我安哥，知道我是谁么？"

圆脸警察笑了。

"能不知道么。"他说，"整个龙城，谁不知道？没法，谁让你赶上了。"

龙平把证件给他，他仔细查看。

"没我什么事啊，我搭车的。"白衣女孩皱着眉，看看龙平，转身要走。

"别别。"圆脸警察抬头喊。

两个警察架住了她。

"你是谁？"圆脸警察问。

女孩没理他。

圆脸警察转身问龙平："她是你什么人？"

"什么人都不是。她车抛锚了，搭我车。"

"我就搭一个车怎么了？又不犯法。"女孩在两个警察中间挣扎着。

"别急，你别急，没问你。有话回头里面说去。"

"我又没犯什么事儿。"女孩回了句。

圆脸警察笑眯眯地说。

"别价，犯没犯事，不是你说了算，明白么？"

缉毒犬在车后备厢处又扑又跳。

"麻烦你把后备厢打开。"圆脸警察笑眯眯地看着龙平。

龙平打量搭车的女孩。

女孩也在看他。路灯和闪光灯下，她的眼睛亮亮的。

这时，另一只缉毒犬钻进了车里。一个警察跟着，往里探身。很快，从里面拿出一个白色的透明小塑料袋，里面装着白色粉状物。

"知道是什么吗？"圆脸警察问龙平。

"我车里没这个，肯定是她放的。"龙平指了指女孩。

"我就一个搭车的，大叔。"

"你怎么知道这是她的？"圆脸警察说，"知道是什么吗？"

龙平不说话了。

"还有一个。"车里传来小警察羞涩的声音。

"什么？"圆脸警察问。

只见小警察用镊子夹着一个用过的避孕套。

闪光灯不停地闪，周围亮如白昼。

圆脸警察眯着眼睛，指指后备厢里，问："下面什么啊？"

"备胎。"龙平说。

"你看着啊。"圆脸警察说着，一招手，几个人上来，七手八脚掀开后备厢里的毡子。

一个警察伸手，捏出几个白色小塑料袋。

"这是什么啊？"圆脸警察说，露出胜利的微笑。

龙平看一眼白衣女孩。女孩一脸幸灾乐祸的表情。

"看她干吗？"圆脸警察说，"看好了，和你车里的东西一样。这，也是她放的？"

"蹲下。"警察说，推了那女孩一把。

女孩晃着身子，看龙平。

"看什么看？蹲下，抱头。"

这时，圆脸警察进来，指着龙平："给他找个凳子，先坐着。"然后指指那女的："把她弄到里面那间屋去。"

女孩被拉开时，回头看龙平。

龙平问："你是谁？"

女孩没说话，转过脸。俩警察簇拥着她，出门。

龙平把手机、身份证放在桌子上。

"还有么？"

"没了。"

一个警察过来，象征性摸了摸龙平衣兜的位置，冲圆脸警察摇摇头。

"我们这是执行公务，"圆脸警察说，"希望你能理解。"

"有人想害我。"龙平说，"那不是我的。"

"这就由不得你了。"圆脸警察说。

第十九章

"我跟老爷子打个电话。"龙平说。

"不行。"圆脸警察说,"我是例行公事,执行公务。安哥,你别为难我。"圆脸警察说,"虽说以前咱没打过交道,可您是谁,没有人不清楚的。所以,我今天能拦你,肯定有原因。"

旁边警察轻轻咳嗽。

圆脸警察闭嘴,不再说话。

"我刚才是去接老爷子,结果让你们拦了。他该等急了。"龙平说。

"安哥,到了咱这里,急也没用。"

龙平手机响。

"这手机怎么没关啊?"圆脸警察指指塑料袋里的手机。

"关了啊,怪事。"

旁边过来一个警察,掏出手机。

"让我接电话，安局长找我。"龙平说。

龙平和圆脸警察争论的时候，进来一个警察，跟圆脸耳语之后，打量龙平一眼，出去了。

"那女的，吸了。"圆脸说。

"那女的是一个搭车的，我不认识她。"

"她刚才也这么说，现在招了。"圆脸说。

"放我走。"龙平说。

"你车上发现毒品，车上的人又吸了。放你走，我还要不要饭碗了？"

"有人害我。"

"谁？"

"这你就别问了。"龙平说。

"编瞎话，没用。"圆脸警察说，"就你带的这些毒，这量，不用我说，你也应该知道严重性。"

"这么对我，你要小心啊。"龙平说。

圆脸警察笑。"你这玩笑，有点大了。"

龙平手机又响。

"赶紧让我把手机接了。我要报告安局一个重要消息，不然，你们吃不了兜着走。"

"安哥，我也不想为难你。我们工资也不好挣啊。"圆脸警察说着，拿起手机，免提。

"安全，你可接电话了。"安父说，"在哪儿呢？等你接我，这都老半天了。"

"有人害我，往我车上藏毒。"龙平说。

"你怎么弄这玩意儿？"安父说，"我昨天刚刚大讲特讲禁毒，你今天就顶风作案。"

"我没弄。"龙平说，"我在南江派出所。你跟他们说，把我放了。"

"他们有人在么？"

龙平使了个眼色，让圆脸警察说话。

"在，有人。"圆脸笑呵呵地说，"安局，我是小贾。"

"怎么连安全都抓？胆子太大了。"

"他带毒，而且带了个女的，关系不干不净，套都用了。"

"放屁。"龙平打断他，"不是我的。可以查。"

但小贾并不生气。

"安局，我们刚查了，那女的吸毒了。"他说，"为了从安全手里拿粉，就和他，那个了。"

电话那边，安父叹气。

"你啊你，怎么回事？毒品你说不是你带的，那女的，吸毒的那个，是谁？"

"搭车的，我不认识。"龙平说，"有人给我下套。"

"怎么能证明？"安父问。

"我是在柳林路边搭她上车，她的车是一辆白色小跑。"

"牌子。"

"奔驰。"

"我说车牌号。"小贾一脸优越感。

"没注意。"龙平说。

"柳林路上没有这么一辆车。"小贾说。

"不可能。"龙平说。

电话那头，安父倒是不急不缓。"小贾，说说看，为什么说柳林路上没有这么一台车？"

"安局，柳林路因为施工，从今晚9点就开始封路了。"小贾说，"所以，他说在柳林路接的人，本身就是撒谎。"

"我就是开车从那里走的！"龙平喊。

"小贾，能放人么？"

"安局，我们没想逮安哥。可今天记者来了一大把，都关注严查这事，又照相又录像的。所以，我们不说话，也讲不过去啊。"

那边，安父沉吟了一声。

"安全，你这孩子，弄毒品、玩女人，弄什么不行？太让我失望了。"

龙平笑。"有人害我。"

"我是局长，国家的法律，我必须遵守。任何人，都不能凌驾于法律之上。"

安父准备挂电话。

"安倚天，别挂，有份鉴定书，你应该更感兴趣。"龙平大喊。

安倚天放下手里的鉴定书，看着龙平。

"你是谁？"安倚天问，"谁给你的？"

这时，有人敲门。一个年轻警察推门探了下头。

"安局，水好了。"

安倚天没吭气。

那人端着杯子进来，一杯放到安倚天桌上，一杯放在龙平跟前。

"安哥，喝茶。有日子没见了。"

龙平对他笑笑，点点头。

"有事我会叫你。"安倚天说。

年轻人应了声，关上门。

屋里又静了下来。

"你是谁？"安倚天拉开抽屉，里面，是一把手枪。

"我是你儿啊。"龙平笑，"你不一直这样说么。"

安倚天看着龙平："安全是不是你杀的？"

"我没杀人。"龙平说。

"坏人从不认为自己是坏人。"安倚天说着，从桌上拿起亲子鉴定报告。

"假的。"他说，"有人要害我。"

"样本还有，"龙平说，"不止一份。必要的时候，全国各地都可以出结果。外国也行。"

"要挟我？"

"上山半岛、临江仙景的房子，有不少啊。"龙平说，"还有龙山的金景、桃源、银泉几个小区。"

安倚天紧张起来。

"差一点儿忘了，"龙平说，"还有观阗别墅一号楼。"

"我说你怎么对我偏见这么大，原来是被人控制了。"

龙平点了支烟，靠在沙发上。

"用搬家公司抢劫一号楼的事儿，是你搞的吧？"安倚天问。

深夜的街上，有警车驶过。

第二十章

天亮了，龙平起床。

安红在楼下喊："爸爸，吃饭了。奶奶做的煎鸡蛋，可好吃了。"

话说到一半，被金兰呵斥住。安红哭了。哭声从下面传来，充满了委屈。

龙平站在那里，发愣。

楼梯上，响起缓缓的脚步声。

安母站在楼梯口。

"小全，走，下楼吃饭。"

"我不饿。"龙平走回房间。

安母深一脚浅一脚跟过来。

"饭可不能不吃，再生气，也得吃饭。"

龙平坐在床边。安母过来，坐在椅子上。

屋里很静。楼下，传来安红委屈的声音，远远的，断断续续。

"你怎么老说我啊，妈？"

安母看着龙平。

"小全啊，你挺不容易的。妈都知道。"

龙平表情平静。

"自打和金兰结婚，有了安红，你的日子就不好过。"安母说，"可，毕竟是一家人，是吧？"

龙平没有说话。

"这些年，都怪妈。"安母说，"其实，我和你爸也是好心，为你好。我们也是想让你和其他孩子一样，有个正常的家庭。有些事，瞒着你，也是为你考虑，免得外人瞧不起。"

"你去吃饭吧，让我待会儿。"龙平说。

"看你这样，我怎么能吃得下？你的心情我理解，这都三十好几，冷不丁让你知道了身世，肯定伤了你。我昨儿也一宿没睡。"

安母低头抹泪。

在客厅吃早饭时，龙平一直在看《龙城直通车》。没有昨晚查毒的报道，网上也没有与夜查有关的消息。昨夜的一切，仿佛是幻觉，好像从来没有发生过。

龙平发愣的时候，安倚天来到他的眼前。

"甭看了，肯定没有报道。可有一条，后备厢里的东西，你也说不清。所以，在查清真相前，所有的案子，你先暂时回避。"

"其他可以，"龙平说，"蒋锋的案子，不行。"

"别给自己找不痛快了。"安父说，"蒋锋的案子，事实清楚，后续跟进，杜润生已经安排秦勇负责了。"

秦勇一脸新官上任三把火的表情，说话做事透着得意，看龙平的时候，也是一副志得意满的模样。

按秦勇的说法，蒋锋案最终有了结果。根据DNA检测，除死者蒋锋外，案发现场有相当数量报案者蔡志成的血迹。此外，在现场检测到了蔡志成的指纹，蔡志成的衣服上也有一处蒋锋的血迹。

秦勇在汇报案情侦测工作成果时自信满满。"总之，经过大家的不懈努力，案情有了突破性进展。在蔡志成的住处，起获了蒋锋案第二现场的凶器——一把羊角锤。"

龙平发现，秦勇的左手已经从裤兜里拿出来了，但一直握着拳头，与他整体的放松感觉很不协调。

杜润生边听汇报边点头。

"郑义，你来说说，补充一下。"他说。

郑义缓慢站起来，没有立刻说话，而是深吸一口气。

"在蔡志成家中起获的那把羊角锤，显然已经清洗过。但在把手和铁锤锤头的缝隙里，仍能发现少量血迹，经DNA检测，属于死者蒋锋。"说到这儿，郑义犹豫了下，"另外……"

杜润生见状，挥手阻止了他。郑义慢吞吞地坐下。

秦勇赶忙接话："第二现场和第三现场多个沾有蒋锋血迹的石头上，都有蔡志成的指纹。可见，杀人者为蔡志成。经查，蔡志成是个爆炸专家，从没出现过事故。他的死，只能解释为一个——畏罪自杀。"

龙平说话，都被杜润生打断。

秦勇的嘴角，现出了一丝得意的微笑。

中午吃饭时，龙平潜入一间小店，买了张电话卡。他打量了下四周，并无可疑之人，便直接用公用电话打给方美。

"喂。"龙平声音平静。

"你可来电话了。"方美说，"我都不知道该怎么办了。"

"东西都收好。"龙平说，"哪儿都别去，别见任何人。"

龙平开车回去的路上，经过一个拐角，路旁停着一辆可疑的奥迪。

龙平临时转向改道，奥迪跟了过来。

石开明被打了，半夜回家的时候。显然打人者准备捅死石开明，但没有得逞。

当晚，石开明回到小区时，已是半夜，停车时，刚好楼门口附近有人在吵架，是要分手的一对情人。石开明一下车，二人便匆忙躲开了。当时，石开明以为是两人爱面子，不愿意当着自己的面打架。后来才想到，或许因为那对情侣看到了身后的跟踪者。随后，石开明摸黑，准备进单元楼门，身后，一阵混乱的脚步声，几个大汉上来，打得他头破血流。

一把明晃晃的刀捅过来时，石开明本能地一躲。与此同时，刚好一楼人家的屋门开了，访客大叫着出门，都是年轻人。于是打人者仓皇逃窜。那一刀险些刺到心脏，否则，必死无疑。

龙平去见他时，石开明正在人民医院的病房里。

护士们走来走去，空气中弥漫着消毒水的味道。

"怎么回事？"龙平问。

石开明脸已青肿，眼像是被无数马蜂蜇过，连缝都看不见了。

"哥们儿，你有点变化。"他说。

"怎么了？"

"黑了点，不对，应该是暗了。"

石开明挤着眼睛看龙平，又看周围。

"不光你黑了，周围的人也黑了。是不是我眼睛被打坏了，不感光了？"

"怎么回事？"龙平问。

石开明讲着讲着突然停下来，悄然探身，低声问："有烟么？"

"病房里不准抽烟。"旁边，护士在给病人换药，很警觉的样子。

"我往单元楼走的时候，还往周围瞧了瞧，没人。"石开明摸了下脑袋，疼得龇牙咧嘴，"当时，脑袋咚咚地疼了两下，就什么都不知道了。"

"警察怎么说？"

"警察？他能说什么，你就是警察，你还问我？"石开明说，"连你也算上，都是一伙吃闲饭的，什么时候真为我这样的人民群众着想过？"

旁边病床上，两个病人都在闭目养神。

"我其实毫无价值。要不，你给他们带个话，"石开明说，"不就知道个 DNA 检测结果么。我保证死也不说，行么？"

"是我害了你。"龙平说。

"还有蒋锋。"石开明说，"连那个姓蔡的哥们儿，也是你害的。"

"我会替你们报仇的。"龙平说。

"我不想死。"

第二十一章

晚饭后，在客厅，龙平点了支烟。安倚天戴上老花镜，在看《龙城晚报》。

"石开明叫人捅了。"龙平说。

安倚天没有反应。

安母走过来，应声道："哪个石开明？"

"小学老来咱家的那个。"龙平说。

那天在山城的咖啡馆，石开明说起了童年趣事："以前，我老到你们家蹭饭吃。你们家生活好。"

安倚天把眼前的报纸拿开，透过老花镜瞅瞅龙平。

"你跟他还挺熟？"安倚天话中有话。

"我们是发小，能不熟么？"

安倚天笑了，看一眼安母，展着报纸，做思索状。

"是不是胖胖的、挺能说的那个？"安倚天的声音从报纸后面传来。

"现在也一样，嘴闲不住。"龙平说。

"让谁给打了？因为两口子闹矛盾？"

龙平打量安倚天。"不是。"

安倚天的报纸有点抖。

"有人要杀他。"龙平说。

金兰端着茶杯，不露声色地靠近。

"肯定是得罪谁了。"安倚天说。

"这事儿，有可能和警察有关。"龙平说。

报纸哗啦乱响，安倚天的脸从报纸后出现。

"警察能干这样的事？"安倚天直视龙平，"你把警察当什么了？"

深夜，其他人入睡时，龙平独自一人，在客厅沙发上看球赛。电视静音，映着龙平或明或暗的脸。

不知方美怎样了，龙平想。这样想的时候，摸过手机，翻看云盘相册里自己和方美的合照。方美单纯的样子，笑起来傻傻的，像个无忧无虑的孩子。

院子里似有响动。龙平起身，蹑手蹑脚，到了门口，猛一开门，就见从桑塔纳和奔驰之间蹿出一个人影。龙平并没有出声，疾步追了过去。那人身手灵活，翻墙而上，第一次没有成功，再次翻墙，跳了出去。此时，龙平已经赶到，三步并作两步，纵身一跃，翻墙而过。那人已在空街上狂奔。路灯明亮，映着他蓝色的头发，从后面看，身形灵巧，奔跑如飞。他回头看时，龙平发现，他年纪很轻，棱角分明，表情清奇。龙平一走神，那年轻人已经奔向了一座老式宿舍楼。

"站住。"龙平喊了声。

那人已经冲向了靠近雨水管道的位置，然后迅速沿雨水管道往上爬，状如猿猴。那人攀爬的动作令龙平感到吃惊，他赶到的时候，那人已经爬到了一半。

龙平纵身一跃，攀援如飞，在雪豹突击队时，爬上爬下是家常便饭。在他几乎要抓到对方的脚时，那人已经翻上楼顶。龙平迅速赶到，一挥手，扯下一团毛发，定晴一看，是蓝色的假发，再看时，发现那人原来是个光头。一愣神的工夫，那光头已经奔入通往楼顶铁门，"咣当"关门，从里面插上。龙平赶到时，铁门如铜墙铁壁，将他挡在了楼顶。

在德安公馆，安倚天若无其事地喝着茶。罗德坤在洗茶渍，换新茶，烧水壶发出微微响声。整个过程中，安倚天和罗德坤都没有说话，仿佛谁先说话，谁就输了似的。

罗德坤不小心被热水烫了下，骂了句什么。

"烫死我了。"他说，笑了。

"德坤，你也爱看金庸，对吧？"安倚天说。

罗德坤一笑："那是以前，上学的时候，就爱打打杀杀，天天想当武林高手。"

"现在呢？"

"平平淡淡才是真。"

安倚天笑。"这比成绝世高手还要难。"

罗德坤没接安倚天的话茬。安倚天一招打空，不知下一步该怎么办，于是继续喝茶。

"以前的事情，还记得么？"安倚天说。

"那得看多久以前了。"罗德坤品了口茶，"这茶不错，下次我让兄弟再拿些，送给您尝尝。"

"我就爱喝最便宜的茉莉花茶。"安倚天说。

罗德坤笑，边倒茶边打量安倚天。

"安局怎么今天得闲？以前这时候，都是忙的时候。"

"之前我说过让你帮我往美国转八百万，有这事吧？"

罗德坤一笑。"有。"

安倚天打开手机，给罗德坤播放那天在一号楼前录的视频。

罗德坤像是在看一部新上映的好莱坞大片，目不转睛，聚精会神。

"这是什么？"罗德坤问。

"我正想问你呢。"

"搬家公司搬家。"罗德坤说到这里，顿了顿，"这是哪儿呀，安兄？听声音，金兰也在。"

安倚天并没有回应他，播放至年轻人和黑衫人的画面，静帧。

"这两人，你认识么？"

罗德坤仔细看看，说："大众脸。龙城这样的人，成千上万。"

"认识么？"安倚天问。

罗德坤摇摇头。

"他俩抢了我一千万现金。"安倚天说。

罗德坤一脸诧异。"多少？"

"一千万，现金。"安倚天故意多说了两百万。

"安兄，你开玩笑吧？"罗德坤说，"这么多钱，都是现金？"

"就在硬纸箱里。"安倚天看着罗德坤，"我本来打算，两百万给你做辛苦费，八百万帮我转出去。现在倒好，让这俩小王八蛋给抢了，被他俩私吞了也说不定。"

安倚天说着，打量一眼罗德坤。他从罗德坤脸上捕捉到了一种表情，那是得知受骗后的恼怒，这表情如惊鸿一瞥。

"安兄，你不会认为，这事儿是我干的吧？"

"你怎么可能是这样的人。"安倚天说。

"大哥，我来帮你找。"罗德坤说。

"也帮你自己。"安倚天说。

第二十二章

因为安红的极力要求，安倚天无奈，只好同意龙平开车送她上学。

"金兰，你陪着吧。"

"我有事，"金兰看了眼安倚天，对安红说，"让爷爷陪你去。到了学校，听老师的话。"

金兰离开后，安红说："我上爸爸的车。"

"等他开过来你再上。"安倚天说，"要不你坐爷爷的车，让爸爸的车跟在后面。"

"不行，就坐爸爸的。"安红说，"我要听爸爸讲故事。"

"爷爷也会讲故事。"

"你会讲小黑兔变成小白兔的故事么？"安红问完，安倚天沉默了。

龙平上车时，发现副驾驶座前的地上有一个信封。平平展展，信封上不着一字。龙平本想要拆开看，远远地，见安倚天正望着自己，便把信封丢进工具箱。

一路上，安红很兴奋。后视镜中，安倚天的车紧紧跟随，像一条老鲨鱼。

在学校门口，安倚天领着安红说："你先去单位吧，我找校长谈点事。"

龙平点头。

安红跑过来："爸爸，我亲亲你。"

龙平微笑着，把脸颊给安红。安红润润的小嘴实实在在亲了一口，"哑"的一声，很响亮，然后她便嘎嘎笑了。

龙平看到了安倚天扭曲的表情，假装并没在意。

"听老师的话，有什么新故事，回家跟爸爸讲。"

龙平刚说到"爸爸"二字，便被安倚天打断了。

"红红，快迟到了。"

说完，拉着安红就走。

龙平看着一老一小远去的背影。安倚天驼背，已显老态。

"爸爸再见。"走出很远，安红还转头看，见龙平正望着自己，很兴奋，冲龙平挥手，并对安倚天喊，"我说爸爸没走吧。"

龙平回到车里，心跳加速，拿出信，刚要打开，想了想，放下。

龙平驱车，向着与单位相反的方向驶去。在一处树荫下，龙平停车。这是一片僻静之地，因为离步行街不远，所以车辆稀少。龙平打开了信封，里面掉出了两张照片，还有一封打印的文字信。

"三十多年前，在市立三院，有个农村妇女生了一对双胞胎。当时，马市派出所副所长安倚天通过情人知道了此事。其情人是市立三院的护士长王欢。于是，安倚天想把孩子据为己有，你要问为什么，因为他老婆不能生；你要问为什么不离婚，因为安倚天就是靠着老丈人的关系才爬到了今天。总之，因为双胞胎小的那个发烧生病，所以他们就决定要大的那一个，并让王欢对农村夫妇谎称是大儿子高烧，得肺炎死了。这两张照片，是安倚天和苏方两口子悄悄去看孩子、挑儿子的时候拍的。别问是谁拍的，别问我是谁，别问我是怎么知道的。你要实在想问我叫什么，我告诉你，我姓雷。"

照片上，安倚天和苏方在医院病房，身穿白大褂，站在一个小护士身后，像医生的模样。他们站在一对农村夫妇床边，目光死死盯着妇女怀里的双胞胎婴儿。

龙平认出，那对农村夫妇正是自己的父母。那时，他们还年轻，父亲正用奶瓶冲奶粉。

另一张照片是近景，非常清晰。母亲和父亲正看着镜头，笑得开心。母亲怀里，是一对大胖小子，赤着身子，趴在母亲的怀里，其中一个的右边屁股上，有一块胎记。

那天，去现场的路上，龙平和郑义在一台车里。根据报警，有一个年轻姑娘和一个小伙子不知从哪里爬上了电视台的高塔顶上，站在那里，像是站在云间。结果，姑娘从上面掉了下来，死状极惨，也不知是他杀还是自杀，而那小伙子，在塔顶安然无恙。

起初，童湘和龙平、郑义一组，临出发时，被杜润生叫走了。于是，车里便只有郑义和龙平两人，显得有些空旷。

"抽烟么？"车开出很远，郑义突然说。

龙平并没有回答，只是摇了摇头。他看了眼郑义，郑义显得有些苍老。

"最近，觉也睡不好。"郑义说。

龙平脑海里浮现出蒋锋的尸体、蔡志成的遗骸，还有王小海尸体那腐烂膨胀得巨人般的模样。

郑义点了支烟，靠在副驾驶的车窗边。

秦勇坐在前车里，一路上，他不时回头。就在刚才，已经上车的童湘被杜润生叫走，秦勇很有些迟疑。龙平感觉，秦勇很想到这边来，也许是注意到了自己的表情，秦勇犹豫了，在出发前的一刻，他才重新回到前车里。

"秦勇一直在看咱俩。"郑义说。

龙平摸了支烟叼在嘴里，按下点烟器。

郑义本想拿手里的打火机给他点烟，犹豫片刻，收了手。

龙平给自己点着烟。

"你心事很重啊。"龙平说。

"你要知道，蒋锋是我同学。"郑义说。

这是龙平不知道的。龙平心里庆幸，少说话的确有益无害。

"你和石开明一个班，我和蒋锋比你们小两级。"郑义说，"我俩都喜欢踢足球，所以经常一起玩。后来大学专业一样，不过他进了科研机构，我进了公安系统。"

龙平看了眼郑义，一脸冷漠。这是一种以守为攻的表情。

"我知道你对我有意见。"

"我对你没意见。"龙平说。

"现在，同事间关于你的说法挺多。"

"不一直都是这样？"

郑义笑了笑，一脸苦恼。"安局就是一个强势的人，一辈子强势惯了。"

"关于我，什么说法？"

"瞎猜，不足为凭。"郑义说，"我昨晚梦见蒋锋了。"

"他说什么？"

"他什么都没说，就是看着我。"郑义说，"我吓醒了的时候，一睁眼，黑暗里，还是他在盯我。打开灯，他才消失了。"

"前两天也这样。"郑义说。

"那你肯定做了对不起他的事情。"龙平说。

"人学一个专业就是为了做违背专业的事情么？"郑义自言自语，"憋得慌，这样下去，我会疯的。"

车到路口，红灯，车停。

秦勇又在前车往回看。

"你说得对。"郑义突然改变话题，"蒋锋的死，没有那么简单。"

龙平一吃惊，扭脸看郑义："说说看。"

这时候，前车后门开了，秦勇下车，关上车门，往龙平的车边走来。

"现场，有别人的 DNA 和指纹，不止一人。"郑义说。

"谁的？"龙平问。

"砰砰砰"，秦勇在拍车窗。

山城的金海棠小区，高楼林立，到处弥漫着浓浓的烟火气息。

安倚天与一个大学生模样的年轻人在大房间里说话。房子是精装修的，看上去很温馨，像所有体面的家庭一样，讲究、整洁。在客厅的沙发前，安倚天一身西装打扮，坐在那里，很像生意人。眼前，那个大学生模样的年轻人，长得很像安倚天。

这时，旁边房间里闪出了一个面色雍容、身材丰腴的女人。

"陶李，"安倚天说，"我跟小飞好好聊聊。"

"老唐，从洛杉矶过来，该倒倒时差了。"陶李说。

"爸，你歇着。倒完时差再聊。"陶小飞轻声说。

"每次回来，都不提前说。"陶李嗔怨道。

"省城机场离着山城太远，干吗非要让你跑这么远去接我？"

"以后有机会，多回来些。"

安倚天点点头，一脸诚恳的模样。

"小飞，这房子，就是爸给你和你妈买的。你妈应该也告诉你了，还有好几栋。爸爸这些年做生意，东南西北跑，很辛苦。我做人比较传统，所以，虽然老伴一直有病，不能生育，但我也没放弃她。但是，你一定要相信，我和你妈妈，是真爱。"安倚天说，"我想好了，就算是我有个三长两短，留给你的财产也够你用几十年了。当然，前提是简朴、不挥霍。你还是应该保持爸爸这种艰苦朴素的作风。"

陶小飞点点头。

"你爸爸从小就吃苦，靠自己奋斗，得来这一切。"陶李说。

"你妈妈说得对。我小时候，家里可穷了，我从小就睡在猪圈里，和猪一起睡，好几年。少时吃苦老来福，你现在受点委屈，也是笔人生财富。爸爸做的一切，都是为你好。"

陶小飞感动地看了安倚天一眼。

"爸爸一直不同意让你姓唐，是为了保护你和你妈，是为你们好。陶小飞，名字也挺好。再说，姓，就是一个代号，无论走到天涯海角，你都是我的好儿子。"

陶小飞点点头。

"你应该多回国看我妈。我觉得，她有些抑郁。"他说。

安倚天点了支烟，点点头。"你抽空带她去医院看看。等过两年，我就把你妈和你都弄到美国去，我们一家人，好好过日子。"

"好的，爸爸。"陶小飞说，"我听您的。"

安倚天脸上现出感动的样子，上前拍拍陶小飞的肩膀。陶小飞局促不安，推了推圆框眼镜。他脸上不自信的表情消失了，仿佛安倚天的拍打，让他的人生重新有了希望。

"养兵千日，用兵一时。"安倚天说，"你计算机这么好，而且，不是一般的好，有名的黑……黑啥来着？"

"黑客。"陶小飞说。

"你的名字？网上的。"

"黑衣夜行。"陶小飞说。

"小飞，黑客的事情，我不懂。我的观点，一个犯罪嫌疑人进入现场，必然要和现场发生物质交换，留下蛛丝马迹。"

"太对了。"小飞很兴奋，"我们也是这个道理。"

陶李看两人谈得很投机，说了句："我去给你们做饭。"然后转身离开。

"你是不是必须在你要黑的人身边，才能黑了他？"安倚天问。

陶小飞笑了。"黑客又不是打手。"

安倚天表情有些难看。

"我的意思是说，黑客，人在俄罗斯，照样可以黑到美国。反过来也一样。"

"那好，儿子，我需要你帮我黑一个人。"安倚天说，"安全。"

"他是谁？"陶小飞问。

"一个跟着我做生意的小子，被人收买，想要了我的命，毁了咱们的家。"

厨房里，陶李站在窗边，看着窗外。虽说已人到中年，但仍身材姣好，剪影中带着忧伤。

"好孩子，安全是个白眼狼，要害爸爸，在网上弄了很多我的黑材料，都是假的。如果发出去，会影响我，也会影响你和妈妈，甚至这些给你的财产，也会被人抢走。"安倚天说，"他想夺走我给你的财产，你说，我能善罢甘休，让他渔翁得利么？"

陶小飞愣愣地看着安倚天。

"还有个我信任的兄弟，"安倚天说，"也见钱眼开，吃里扒外。爸爸不能把业务托付给他了。现在看，上阵，还得靠父子兵啊。"

陶小飞说："这事儿对我来说，简单。"

安倚天给陶小飞布置任务的时候，陶李在厨房做饭。等陶小飞和安倚天回到餐桌边时，桌上菜肴已非常丰盛。

"我得赶紧走。"安倚天说，"他们都不知道我来山城停留。"

"吃顿饭再走吧？"陶李说，脸上带着不舍。

"我小舅子在龙城呢，他的一个合作伙伴在等我，我必须赶过去。"安倚天悄悄说，"毕竟他姐人还在。"

陶李微微蹙眉，点点头。

安倚天离开时，陶小飞恋恋不舍。

陶李注意到了这点，带着一丝恳求的口气，说："老唐，跟小飞拍张合影，也算个纪念。孩子轻易见不到你，团聚一次，就拍张合影，留个念想。"

"不必吧。"安倚天紧张起来，"都是一家人，何必搞这些形式上的东西。"

陶小飞有些失望："那就算了。"说完，低着头，匆匆往外走。

"别走。"安倚天说。

陶小飞站住了。

"拍了就你们自己留着。"安倚天说。

陶小飞拿手机自拍的时候，镜头里的三人各具情态，陶小飞是挤出来的笑，陶李面带宽慰之情，安倚天则做出满脸父爱的样子，却掩饰不住重重心事。

一辆白色桑塔纳进入银行广场，停在远处的树荫下。远远地，一台不起眼的韩国现代尾随而至，匍匐在不远处的车位上。现代车不远处，一台雪佛兰跟进停车场，在停车场口的位置停车入位。

龙平身着便装，出现在浮云镇银行广场。

他的兜里，装着一张络腮胡男人的照片。

早晨一上班，杜润生便把龙平叫到了自己的办公室，给他一个任务：去浮云镇银行广场，蹲守一个人，络腮胡子。"这是龙城黑社会小头目，外号胡子，在逃，据说在浮云，你负责在银行广场附近蹲守。"

"还有其他人么？"龙平问。

"这个保密。"杜润生说，"有情况立刻向我汇报，一切行动，听我指挥。"

阳光从云后闪出来，世界立刻明亮很多。龙平戴上墨镜，把手揣在兜里，来到银行广场旁的菜市场。

早上出门，安红跟他说："爸爸，注意……"

金兰打断了她："别啰嗦了，走，快点。"

龙平穿过银行广场时，用新手机卡拨打方美的电话。

"在哪儿呢？"方美问。

"出现场。"龙平说。

"真成警察了。"方美说，"有当警察的男朋友保护我，安全多了。"

"昨晚又没睡？"

"听出来了啊？"方美说，"昨儿清芳和混混找我，去大排档，喝酒了。"

"喝酒能这么久？"

"哦哦，被你识破了。"方美又说，"打麻将了，后来。"

"在哪儿？"

"混混家。"方美顿了顿，说，"真像个警察，以前你可没这么婆婆妈妈。怎么当了警察，胆子更小了？"

"别废话，为你好。"

"那，那好吧。"方美说，"你什么时候来？想你了。"

龙平四下看，身后不远处，有几个年轻人，三三两两，似乎在忙着自己的事情。

"今天，哪儿都别去，在家等我，把东西都收拾好，我接上你，离开浮云镇。"

"你在浮云镇了？"

"等我电话。"龙平挂了手机。

龙平没有去星海网吧，而是去了相反的方向，走不多远，拐入一个窄窄的巷子，"兄弟网吧"的招牌出现在眼前。

进兄弟网吧前，龙平特意回头看了看。有两个瘦瘦的文身青年正在嘀咕，见龙平回身看他们，喊了句："看什么看？"说着，张牙舞爪。龙平没搭理他们，进了网吧。透过门帘，看到那两人你推我搡，像是争吵什么。这时，一辆出租刚好经过，两人赶忙拦车离开。

龙平沿着网吧窄仄的楼梯下行，两旁墙上贴满各种海报。楼梯湿滑，空气里弥漫着发霉的气息，进入大厅时，腥臭气息扑面而来，仿佛进入了生鲜鱼肆。

前台的胖丫头拿着手机在追剧，瞥一眼龙平，机械地办着手续，在厚厚一摞表格纸上像剁肉似的写着什么。龙平离开时，她扭头看了看时间。

这时，陶小飞出现在了她的面前。

龙平坐下来时，四下看了看，没有发现奇怪的地方。一个小伙子正在离柜台不远处饮水机边拿泡面碗接开水。当龙平看其他方向时，那人扭脸打量了一下龙平，然后迅速转过身去。

等龙平在电脑前坐下，打开《刺客信条》开始玩的时候，身后飘来了泡面的香味，还有火腿肠独特的味道。

龙平肚子也咕噜起来。他起身，去旁边自动售卖机上买了听可乐。回来的时候，打量了下吃面的青年：他很文弱，低着头，吃得很安静。他低头吃面的样子有点夸张，像自由泳时脸和鼻孔沉在水里，不换气，径直游到对岸。

等那青年抬头，见龙平看自己，有些吃惊。

青年正是陶小飞。

"你不是本地人吧？"龙平问。

"第一次来浮云镇。"

"住哪里？"

陶小飞笑了。"你不会是，警察吧？"

龙平笑了。"你是哪里的？"

"山城，"陶小飞说，"跟我爸妈吵了一架，跑出来了。"

"到浮云镇？"

"我想去龙城。"陶小飞说，"浮云镇这小地方，太小了，没机会。"

"山城的上品半岛小区怎么样？"

"好像没有上品半岛这个小区。"陶小飞说，"有个上山半岛，小区很不错。我们住不起。"

"你住哪里？"

"山城技校老校区宿舍。"陶小飞说，"你对山城挺熟？"

龙平笑了："不熟，听朋友聊起过。"

"哥，怎么称呼你？"

"我姓安。"龙平说。

"陶小飞，叫我小飞就行。"

"去山城，准备干什么？"

"这次跑出来，说白了，我是想吓唬一下他们，让他们对我好点，太烦了。"

"有爹有妈，多好，别不知足。"龙平说完，陶小飞立刻低下头，心事重重。

龙平对着屏幕上的《刺客信条》发愣时，一个瘦瘦的中年人进来了，见龙平看自己，忙低头点烟，立刻被前台的胖姑娘拦住了。

"不准抽烟。"

"哦，那我出去抽。"说着，立刻转身出去了。门帘一扬，光线闪烁着，照射进来。

龙平有些不安，他赶忙起身离座，找了个离洗手间近的位置。

打电话前，龙平看了看整个网吧。里面的一切都很正常。所有的人都聚精会神盯着青光闪烁的屏幕，包括陶小飞，他正靠在离电脑屏幕很近的地方看剧。屏幕五光十色，闪闪灭灭，看不清楚剧的内容。

过了好久，石开明才接了电话。

"开明。"龙平说。

"你们真够黑的。"石开明说，"蒋锋都那样了，你们竟然说是车祸。后来实在遮不过去，又说是让采石场的炮工拿石头砸死的。"

"别急。"龙平说，"有话慢慢说。要不，我去医院，当面说清楚？"

"甭来。"石开明说，"你就一个胆小鬼，谁见你谁倒霉。"

龙平忍了忍，不说话了。

"炮工能用那么多雷管把自己炸成肉末，他就不能省出点来直接炸死蒋锋？"石开明说，"费那劲，又用石头，又用锤子的。我算是知道你有多黑了。"

"你想怎么样？"

"我跟他们，还有你，死磕到底，蒋锋就这么死了，太冤。没有一个说法，我跟他们没完。"

石开明挂断了电话。龙平再打过去时，那边接着挂断。再打，显示忙音。龙平明白，石开明把自己拉黑了。

龙平回到座位边时，陶小飞正在打盹。他把脚放在桌子上，整个人靠在椅背上，满脸困乏，睡得很香，这令龙平产生了一丝怜悯。

龙平悄悄上网，登录账号，把关于安全身世的信件和照片文档上传，同时修改发布时间，顺延三天。

他的身后，假睡的陶小飞睁开了双眼。

银行广场边，刚好有两棵树，互相掩映，便于隐藏。

龙平坐到长椅上，感觉自己像个猴子。他无法想象，这样的安排，就能算一个任务，美其名曰"蹲守"。因为不知道杜润生葫芦里卖的什么药，所以索性装疯卖傻、顺水推舟。

广场上，一个假僧人游来荡去，兜售挂件，几个女孩围着他。

一个瞎子，双手前伸，像在做蒙眼抓人的游戏。两个胖保安靠在银行前，目光逡巡，扫射身边经过的美女。

似乎一切正常。

龙平点烟。他的身后，一个三十多岁的男子，眼神游移，像在躲避什么。龙平一闪念，再回头看时，那个男子已经消失不见。

一对父子，儿子蹒跚学步，父亲拉着他的手，神情专注，生怕孩子摔倒。

右后方，是一对男女。看年龄像父女，看感觉像情侣。那中年男的，四下看，见龙平正打量自己，连忙拉着女孩跑开。

两个年轻人，坐在广场中央的地上，边抽烟，边四下看。

龙平起身。似乎有人也跟着起身。

龙平穿过银行广场。

两个女孩，低头玩手机，同时抬头，打量龙平。

龙平装作若无其事，举着手机，假装拍照。透过手机屏幕，观察身后的人。一个络腮胡子，走在前面，身后不远，跟着一个背吉他的栗色头发的少年。

龙平正要回头，被人撞了一下，手机掉在了地上。

龙平赶忙捡起手机，环顾四周，已没了络腮胡和吉他少年的踪影。

德安公馆的走廊里，安倚天来回踱步，声音不高："小飞，除了他，还有姓罗的……"

"他刚出网吧，"陶小飞的声音从电话传来，"我先忙了。"

旁边，聚义厅的房门关着，里面传来了罗德坤的笑声。

挂了电话，安倚天在门口点了支烟，抽了两口，平静了下心情。

他正准备往回走，手机振动，来电的是杜润生。

"大哥，我。"杜润生声音很低。

"我听着呢。"

"那家搬家公司的车，我让交管局的罗京查了。"

"说结果，细节见面说。"

"那些人，是罗德坤找的。"杜润生说，"不知道他弄个搬家公司干什么。"

"知道了。具体见面聊。"

把手机揣到兜里，安倚天慢条斯理踱步回到聚义厅外，推门而入。

屋里，罗德坤站在门边，像在迎接安倚天。门一开，罗德坤笑了。

"安兄，抽烟还到走廊，太客气了。"

"打个电话。"安倚天说。

"给谁？"

安倚天一笑，"还能有谁？我儿子。"

"天下父母心。"罗德坤说。

安倚天瞥了眼罗德坤。

"我要是安全，有你这么个好父亲，真应该知足。"

安倚天像是想起了什么。

"德坤，让你调查抢我钱的那家搬家公司，现在有结果么？"

龙平在人海中穿行，寻找络腮胡。

人群中，闪出方美的身影。定睛看时，发现是幻觉。

龙平看了看时间，感觉危险似乎正在临近，决定把络腮胡子的事情放在一边，抓紧去找方美。

龙平钻进超市，穿过厕所旁的职工通道，从超市侧门离开。

眼前，是两条交叉的巷子。几个骑车的年轻人响着铃过来，又晃晃悠悠离开。

龙平找了个僻静之处，点了支烟。

四周静悄悄的。

他边抽烟边往前走，消失在巷子尽头。

龙平敲门。方美吓了一跳，匆忙收拾茶几上的东西。

龙平靠在门前，听了听，屋里发出稀里哗啦的声音。

"开门。"龙平压低声音，往两边看。

邻居的防盗门紧闭，十分安静。

门开了。方美扑出来，搂住龙平的脖子。

"让我进去。"

方美赶忙下来。

进门后，龙平四下打量着。茶几上一片狼藉。

地上，倒了两个空啤酒瓶。

"屋里有人？"

龙平摸枪，警觉地看周围。

第二十三章

办公室里，阳光铺满桌子，照在一个手枪摆件上。

安倚天表情严肃，在接一个电话。

"那就好。"他说，"要盯紧了。"

电话那边，声音极小。"是。"

"用第二个方案。"安倚天说。

门外，秘书正抱着一大摞待签文件。

"别掉以轻心，看看他还向我隐瞒了什么，我不是傻子。你是我最信赖的人，别让我失望。"

安倚天挂掉电话。秘书赶忙进来。

"安局，下午的会……"

"我不去了，这边有急事。"安倚天说。

秘书退下。屋里静下来。

安倚天给金兰打电话，金兰没接。

她正陪老领导在法院检查工作。老领导头发灰白，眼神明亮，像个小伙子。

"金兰啊，到了山城，可得好好干。"

龙平站在窗边，将窗帘从边上掀开一条缝，往下看。

"赶快离开这里。"他说。

方美一惊。"怎么了？"

"我们被跟踪了。"

"不可能。"方美说，"我就昨天忍不住，才让混混和清芳来打麻将嘛。"

"赶紧走。"龙平说。

"多陪我会儿，"方美说，"明天走。明天，行么？"

"我说的是你。今天说什么也得走。"

"为什么？"

"你要是死了，我的命也没了。"

"那我听你的。"

"带上电脑。"龙平说，"我带你出去，避一避。"

"上班……"

"还上班，搞不好，命都没了。"

楼下小区门口，新停了一台黑车，看不清牌子。一个快递小哥正脚踏着电动车，和车里的中年人说话。龙平的影子一出现在窗前，中年人的脸便立刻消失在车内的黑暗中。

龙平转身，见方美背着个粉色双肩包，正笑盈盈看着他。

床上的电脑不见了。

"都在双肩包里呢。"方美说。

龙平把五千块钱放在方美手里。

"啥意思？"方美说，腔调变了，眼圈红红的。

"我要有个三长两短……"

"别说了。要死一起死，要活一起活。"方美说。

"走没用。"龙平说，"走，肯定死。一跑，立刻又变成杀人逃犯，随时会被击毙。"

这时，一个陌生电话打过来，打到了龙平的新号码。

龙平非常吃惊。

"怎么了？"方美问。她皱了皱眉，抬头纹很重。

"你把我新电话号给了别人？"

"没啊。"方美一脸委屈。

龙平犹豫片刻，接电话。

"喂。"龙平声音很低。

"是安警官么？"

龙平假装没有听清，又"喂喂"了两声。

"是安全警官么？"

"是。"

"我是龙城电视台《法制前线》的编导小杨，杨春。"

龙平没说话。

"之前我采访过您。我们这一期栏目主要是讲公民的法制意识，您能不能来谈谈？"

龙平犹豫。

"时间不长。"那边说，"今天录节目。"

"我的手机号，你是怎么知道的？"龙平努力让自己听上去很平静。

"哦，"电话那边，杨春笑了，"安局给我的，您以前的手机号一直打不通。"

龙平脑海里现出安倚天的模样，似笑非笑，似怒非怒，看上去深不可测，仿佛自己就在他的掌控之中。

"我不行，讲不好。"龙平说。

"您太客气。您在《安全说法》里讲得多好啊。"

"时间，有点紧。"

"我们也想早点通知，您抽空来就行，晚点没关系，我等您。"杨春说。

"通知得太晚了。"

"不瞒您说，原来，我们是要采访另一位警官，"杨春说，"刚刚有领导点名让您回来接受采访。"

龙平一愣："哪位领导？"

金兰和安倚天这次没在德安公馆。在青龙广场购物中心地下三层的停车场里，已经换了外地车牌的两辆车并排停在了相邻的车位。由于车位位于车库最下面一层，所以，少有人光顾，很多车都是长期停放，周围显得非常安静。

安父和金兰隔着车窗玻璃，对视了一下。接着安倚天下车，站在原地，四下观察。

进入到金兰车里，两人都很沉默。

"观阆别墅的钱，是罗德坤搞的。这小子还装糊涂，不知后面还有什么幺蛾子。"

"我早猜出来了。"金兰轻叹了口气，"你有小辫子让人

204

抓住了。"

"我周围也有罗德坤的人。"

"谁？"

"不确定。你抓紧，带红红出国。"安倚天看着前挡风玻璃外一排排轿车，"家里、家外的这些，我一个个清理。"

"算了，放过他们吧。"金兰说，"为了孩子。"

"他们都不会放过我的。"安倚天说，"跟他们，只能是你死我活，我没有选择。"

龙平带方美从侧门出去，沿着窄窄的巷子和蜿蜒起伏的小路，到了另外一侧。这条路一般人是无法知道的，只有本小区的居民，才会为了少走路，忍受这一路的坑坑洼洼。

"你对这儿怎么这么熟？"方美非常吃惊。

"进你家门之前，我在周围转了半天。"

走出巷子口的时候，龙平拉着方美，横穿小马路，到了对面的巷子里。巷子里有家湘菜馆，不远处，停着那辆白色桑塔纳。

小巷里非常清静，饭馆也没有人来往。几只胖胖的鸽子站在矮墙上，不紧不慢地梳理着羽毛，四下张望。

"没人跟着咱。"方美说。

方美的鞋跟太高，走起路来，像个瘸子。

"谁让你穿高跟鞋的。"龙平说。

方美俏皮地伸了伸舌头。

龙平没有立刻进车里，四下查看，一切正常。他怀疑车里有监听装置，仔细查了查，没有。但一想到从天而降的信封，以及信封里的信和照片，龙平心里一沉。仿佛天眼在上，正密切注视着自己的一切。

"第一，从现在开始，重要的东西，都带在身上。"他说。

"好。"

"第二，电脑随身带着。"

"嗯。"

"还有，你前面的工具箱里有一封信和两张照片，你把它们拍了，放到网上，存好，设置定时发布。"

"三天后发布？"

龙平点头。

"然后呢？"

"然后邮箱、密码、网盘和网址都给我。"

"你是怕我牺牲么？"方美问。

"牺牲不了，"龙平说，"咱俩还要白头偕老呢。"

方美眼睛红了，她揉揉眼睛，打开工具箱，拿出了信封。

龙平开车从林荫大道上了一条主路。主路上有一片空地，全是大车散落的砂石。车开上去的时候，轮胎打滑，车横移了一下。龙平下意识地往后看，见后面跟着两台车，一台白色现代，一台黑色雪佛兰。一个戴头盔骑摩托的年轻人在龙平身边飞驰而过，如雷霆般轰鸣。

"吓死我了。"方美喊，"送我去哪儿？"

"省城。"

"然后呢？"

"坐高铁离开。"

看完匿名信和照片，方美一脸吃惊的表情。

"真没想到。"她说，"真的假的？"

龙平看了眼方美。

"你在哪儿找到的？"她说。

"有人放到了我的车上。"

"谁？"

去省城方向的高速路上，龙平有意减速，发现两台跟踪的车也放慢了速度。到了拥挤路段，龙平有意加速，在车流缝隙中穿梭，那两辆车也紧跟不舍，引来一片片喇叭声。于是龙平在龙山立交桥上掉头，上了去往龙城的山路。

"我们被跟踪了。"龙平说，指指身后，一台白色两厢车紧追不舍。

"那怎么办？"

龙平也不回答，在一处山路出口，突然变向，驶离山路，冲上了国道。身后传来一片紧急刹车声。方美开心大笑。

国道上，大货车穿梭拥挤，扬尘一片。有几次，龙平的车像汪洋中的小船，差点儿被鲸鱼般的大车掀翻。

"我要是死了，不管车祸、病死、被打死，你把那些举报材料赶紧发出去。"龙平嘱咐方美。

方美看了一眼龙平，没说话。

"我刚说的，听清楚了？"

"嗯。"方美说。

进龙城时,后面仍有车跟踪。

"干吗到龙城?多危险。"

"越危险,越安全。"龙平看了眼后视镜。

一辆大切正远远地跟着,像是一条鲨鱼。其后,黑色雪佛兰时隐时现。

龙平掏枪,放在身边。

他比划了一下,那把枪伸手可触。

一会儿,大切消失。

一辆出租闪出来,黄白相间,紧跟龙平。在人民医院路对面的一处十字路口,龙平的车突然掉头。红灯亮了,所有的车都被甩在了路口。

人民医院位于电视台斜对面,站在医院的院子里,便可看到电视台高高的发射塔。

去病房前,龙平买了一堆水果。方美拎着,跟在后面。

"跟着你我特别踏实。"方美说。

见龙平没反应,便说:"你也特踏实吧?"

"为什么?"

"因为,有我保护你。"方美傻傻地笑了。

快到病房门口时,龙平拦住方美。"就这门,你在外面等着。"说完,从方美手里拿过水果。方美正要说话,龙平已进了病房。

石开明一见龙平,骂了句:"操,你也拎这么一大堆东西。"

说完，一指床头柜，上面堆满香蕉、橘子和苹果。

"你小子，害死我了。"石开明说，"这些天，我特恨你。但不知为什么，一看你一脸无辜的熊样，我又恨不起来了。"

龙平坐在了石开明床边。

"开明，你是对的。"龙平轻声说。

石开明一听，来了精神。"你也觉得有问题？"他说，"有人要害我们？"

两个老病号靠坐在相邻的床上，神情木然。

方美探头往里看，见石开明正打量自己，赶忙一指龙平，说："我是他助理。"

此时，龙平正站在窗前，俯瞰停车场。

楼下停车场里，有两个小个子，一先一后，到了白色桑塔纳旁。一人扒窗往里看，一人趴在地上，看车底。然后两人凑在一起，嘀咕着，猛一回头，看石开明病房的窗口。

龙平将右臂伸出窗外，拇指食指张开，对着二人，做出手枪射击的手势。

第二十四章

在电视台录节目时，方美背着粉红色的双肩包，屁颠屁颠，紧跟在龙平身后。

记者杨春头很大，头发稀疏，发际线很高，一脸笑眯眯的模样。见方美跟在龙平身后，有些好奇，几次想问，都张张嘴，又闭上了。

节目录得很平淡。龙平努力模仿安全在《安全说法》的语气和语调。

"你说得很好。市民看了，肯定大有收获。"由于肚子大，杨春的导演马夹被撑开了，他晃着身子，笑，"就是有点，紧张，不够放松。"

"什么时候播啊？"方美说。龙平瞪她一眼，她赶忙捂了下嘴。

"明天。"杨春说，"《新闻早知道》，法制板块。"

在演播室一楼大厅，杨春像是闻到了什么，皱了皱眉。

"什么味？"他说。

龙平一脸茫然，摇了摇头。杨春有些意外，看着他。

方美也很肯定地说："我也是，没闻到。"

"哪儿起火了。"说着，杨春往外跑，龙平跟在后面。

果然，斜对面的人民医院，烈焰腾腾，浓烟冲天，医院上空，飞舞着一条青龙。

赶到医院时，龙平发现，住院处楼下已拉起了警戒线。石开明病房的窗口处，浓烟滚滚。龙平往前冲的时候，被警察拦住了。

远处，水泥地上，趴着一个人，身上搭了块白布。

石开明死了。刚才，他那大大咧咧的样子还在眼前。两小时后，与龙平已阴阳两隔。

龙平亮明证件，到了现场。竟然有人认识龙平，跟他打招呼："安哥。"

龙平点头回应。听他们与大夫的对话，这才知道，他们是马市派出所的。

一个应该跟安全很熟的小伙子，一口一个"安哥"。龙平借坡下驴，含混其辞应和着。

"怎么认定的？"龙平问。

"初步确定，火灾发生时，死者为了逃生，不幸坠楼。"

龙平皱了皱眉。

"据死者同屋的病友讲，大火着起来的时候，死者反应异常，应该对火有巨大的恐惧。他爬上窗台求救的时候，不小心从窗台跌落下来。"

围观者越来越多，龙平试图找到跟踪过自己的身影，但是没有。每个人都像是犯罪嫌疑人，每个人都一脸无辜的表情。

回去的路上，龙平开得很慢。仿佛世界已停止了运转，所有的人和事都回到了两个多小时前。那间病房，两个一言不发的病友，以及每一个蛛丝马迹。

这时，就见一辆银灰色丰田轿车缓速靠近，在距离龙平五十米处，匀速跟随。

晚上，龙平带着方美到了安倚天家时，安倚天正在客厅打电话，背对门的方向。

听到脚步声，安倚天转身，见到方美，愣了，立刻又恢复正常。

"来，安全，过来。"安倚天很热情。

龙平点点头，坐在他的对面。

"这位是谁？"

"你应该知道。"龙平说，"派那么多人跟踪我。"

安倚天笑了，叹口气，对方美说："我这儿子，就爱跟我抬杠，唉，都怪我，没教育好他。"

方美不知所措，傻呵呵直点头。

"她是我女朋友。从今天开始，就住在你家了。"龙平说，"也是我家。"

安倚天笑笑，打量方美。方美站到龙平身边。

"小伙子啊，"安倚天说，"你还年轻，路还很长。年轻人，不能计较一时一事的得失。"

"老年人也一样。"龙平说。

"对，对。"安倚天笑了。

"石开明的死，和你有关系么？"龙平问。

"难道所有人的死，都得和我有关系？"

"你也不问一下，他是怎么死的？"

"你这孩子，阴阳怪气，总把我放在对立面。"

方美四下看看，把双肩包卸下来，放在沙发上，然后一屁股坐下。

安倚天正发愣的工夫，身后楼梯上传来安母的声音："这姑娘是谁啊？"

"安全的干妹妹，要在咱家住几天。"安倚天说，"我答应了。这小丫头，挺，挺直爽的。"

安母有些担心。"金兰知道不？"

"知道，我跟金兰说过了。"安倚天接过去。

安母皱皱眉头。"小全，你爸说这话，不是不可以，但为了家庭和睦，这话，还得你说。"

"金兰知道。"龙平说。

"干妈，您好！"方美甜甜地喊了一声，吓了安倚天一跳。方美接着说："您好，干爹！"

安倚天的嘴像是被冻住一般，好久没说出一个字来。

金兰回来的时候，似乎早有准备，不怒自威，神色从容。

"姐。"方美甜甜地叫。

金兰把安红往身后一拽，冲方美点点头。

"小阿姨。"安红叫。

"去写作业。"金兰推了她一把，安红恋恋不舍地离开了。

晚饭的时候，保姆张姨把饭菜摆满一桌。往常，第一个上桌的就是安红，连爬带也，坐到自己的专座上，然后大声喊："爷爷奶奶、爸爸妈妈吃饭了。"但现在，圆圆的饭桌前，像是雷区，一家人都躲在自己的角落，等待随时发出的爆炸声。

"安老师、苏老师、金老师、红红，吃饭了。"张姨的喊声结束，几个地方都发出了一些响动。

安母在房间应了声："好的。"

安母答应之后，往卧室门外看，然后看了眼坐在床边的安倚天。安倚天看上去衰老很多，弓着腰，一副心事重重的模样。

"怎么回事？"安母问。

"我也搞不清楚。"安倚天说，"我还想问你呢。"

安母轻轻叹了口气。"我是觉得，小全有心事。"

"什么心事？"安倚天咳嗽一声，"他怎么说？"

"没什么。"安母像是突然改变了主意，"那天，他说有问题问我，然后我等他问的时候，他又说没事儿，一个人闷闷不乐地出去了。"

这时，金兰卧室里传来安红呜呜的哭声。

"没事儿。"金兰说，"她扎着手了。"

"妈妈你撒谎。"安红的声音响起来。

安母往外走："红红，奶奶来了。"

"别去。"安倚天说。

安母便收回脚步，站在那里，发愣。

"请神容易送神难。"安母说，"这第三者，都打上门来了。"

龙平和方美站在院里的银杏树下。旁边，锦鲤池里，巨大的锦鲤在悠闲地浮游，一副吃饱喝足的模样。远处，树荫底下，三台轿车匍匐在暗影里，像在等待猎物的出现。

"你就把这里当自己家。"龙平说。

"那他不把我们害死？"方美说着，往屋里看了一眼。

"他们暂时不敢。但出了这个院子，就不一定了。"

这时，保姆张姨推门出来。

"安警官，回家吃饭吧，都在等你了。"说完，看看方美，尴尬一笑，"还有这位，小妹妹。"

"马上，抽完这口烟。"龙平说。

张姨点头，回屋。院子里又安静下来。

龙平坐在锦鲤池的台子上，轻声对方美说："手机和电脑，不要离身。"

方美点点头，拍了拍双肩包带。"知道，背着呢。"

龙平指了指锦鲤池："下面有钱。"

"我不稀罕。"方美说，"要不，咱俩住一起吧。"

"你住单间，一楼单间。我睡沙发。"龙平说，"我现在仍是安红的爸爸，不能乱，否则就把孩子伤了。"

方美有些失望，想了想，释然了。"反正，我是这个家里和你最亲的人。"

吃饭的时候，方美坐在客人的位置。全家一团和气，一副家和万事兴的模样。安母给安红夹菜之后，给方美也夹了个菜。

"小姐姐，"安红说，"这个菜最好吃，肉香。"

"她有这么年轻么？"金兰说了句。

安母脸上现出尴尬，看看方美。

方美倒是无所谓的样子，欢快得像个孩子。

"红红，叫我阿姨就行。"

"小阿姨。"安红说。

张姨笑了，忙着帮大家换碗碟。

"叫阿姨就行。"方美傻呵呵地笑了。

"好。你叫什么来着，阿姨？"

"我叫方美。方，大方的方；美，美丽的美。"

"对，你就是又大方又美丽。"安红说。

金兰撇了撇嘴。"你酸不酸啊，肉麻。真好意思说。"说着，拿筷子敲了下安红的碗，"吃饭。"

"不准敲碗，敲碗穷。要饭的才敲碗呢。"安红噘着嘴，吃饭。

"方阿姨。"安红说，"要不，我叫你美阿姨吧。"

"行，我喜欢。"

金兰一口气没上来，像被饭噎住似的，直愣愣坐着。好容易才使劲咽下去，咳嗽起来。

"吃完饭，我带你看动画片。"安红说。

"吃完饭写作业。"金兰说。

"美阿姨，你帮我做。"

"作业自己做。"金兰皱眉。

安母赶忙说："红红，妈妈说得对。"

"我让美阿姨监督我做作业。"

"别耍花样。"金兰说。

安红噘嘴，盯着饭碗里的米粒，相面。

这时，金兰脸上突然现出了笑意。

"干妹妹，你什么学历啊？"她说。

方美面露难色，刚要回答，被龙平打断："你查户口呢。"

金兰不屑一笑："问问都不行了？"

"她没上过学。"龙平指指方美，"你看她这样，像是上过学的么？"

吃完饭，金兰拉着安红回房间补习功课。安红一步三回头。"美阿姨，我做完功课，教你玩游戏。"

方美像个半大丫头似的，没心没肺地笑："好好好，抓紧时间。"一边和安红招手，直到她上楼。然后满脸是笑，对安倚天和安母说："干爸、干妈，我回屋一下，该洗澡了，身上都有味了。"

安母尴尬皱眉，努力笑着，一脸宽容的模样。"好，好。"

安倚天则对着斜对面墙上挂的那把龙泉宝剑发呆。细看，又像是闭目养神。

方美一关房门，安母立刻放松下来，长舒一口气。

"小全，来，到厨房，妈跟你说句话。"

厨房里，安母小心翼翼，探身往外看。安倚天仍仰坐在沙发上。

"你看你，差点儿把你爸气中风了。"

"他比你想象的坚强。"

"那什么，方圆，对，是方美，你和她什么关系？"

"我干妹妹。"

"咋回事儿？"安母说，"以前怎么没听你说起过她？"

"早就有。"

"不会是你的……外遇吧？"

"是干妹妹。"龙平说，"她这么傻咧咧的，和我能般配？"

安母一脸释然，笑着点头："那倒是，那倒是。"

龙平和安母在厨房时，安倚天接到了陶小飞的电话。

"怎么样？"安倚天说。

"他特别警觉，差点儿让他发现。"

"你说什么？"安倚天有些吃惊。

"除了我的车，起码还有三辆车在跟踪他。"陶小飞说。

"什么车？"

"一辆大切、一辆雪佛兰、一辆白色两厢车，牌子忘了。还有……"

"车牌记下来了？"

"我查查行车记录仪。"陶小飞说，"到时候把截屏发给您。"

"抓紧黑了他们……"安倚天说，"不然，你和你妈妈的生活就全被他们毁了。"

这时候，安倚天猛一回头。龙平正站在厨房门口，远远望自己。

"我出去抽口烟。"安倚天说。

院子里，灯光昏暗。安倚天来回踱步。

"查他所有密码和举报材料，黑掉他们所有的账户，最快多久？"

"五天。"陶小飞说。

"能不能再快点？"

安倚天在上山半岛的钱又丢了。安倚天知道这事的时候，事情已经发生了。前两天，上山半岛楼里一套房子的监控始终无法连线，安倚天没有在意，然后，便传来了那个房子被破门而入的消息。物业得到邻居报告，赶忙给房子的业主陶女士打电话。

陶李打给安倚天。"怎么办，报警？"

"我就是警察。"安倚天说，"不要报警。物业邻居问，就说没丢重要东西，家里本来就没有什么值钱的。"

"还有一个事儿。"

"什么？"

"装钱的箱子没了，屋里面多了几个电器用的空盒子。"

"别跟任何人说。"

陶李在那边应了一声，又心事重重地说："小飞最近神神秘秘的，我怕他出事儿。"

"没事儿。"安倚天说，"我让他帮我点忙。"

"啊。"陶李紧张起来。

"电脑方面的事情，他懂得比较多。"

陶李的声音平和下来："谢天谢地。"

安倚天没有多说。

"我就是担心孩子，小飞可千万别出事。"陶李挂电话前，又说了几句。安倚天安慰半天，她方才平静下来。

从上次安倚天让罗德坤查观阆别墅假搬家公司抢钱的事情，就一直没有结果。问到要紧处，罗德坤打起了太极，顾左右而言他。一次，谈到这件事的时候，安倚天又想到了上山半岛丢的钱，恼了，骂了句娘，令罗德坤深感意外。

罗德坤一脸鄙夷："操。"

安倚天给了他一耳光。

罗德坤愣住了。这次，他没有任何动作。

"你这一巴掌，咱俩的账，结了。"罗德坤说。

"你还想把我杀了不成？"

安倚天有些哆嗦，他扶着桌角，坐下了。

罗德坤摸了摸嘴角的血，往外走，他站在门口穿衣镜前，整理了一下头发，扬长而去。

龙平上班的时候，方美待在安家，从不出门。安母对她很头疼，但又不好发作。没事儿的时候，方美就陪安母说话，方美快嘴快舌，说得安母老眼昏花，眼冒金星，深一脚浅一脚地离开。于是，方美继续跟张姨聊。她跟张姨棋逢对手，俩人聊起来，全程兴奋，不时有大笑传来。

郑义最近似乎身体欠佳，头发也花白了很多。

"没事吧？"龙平说。

郑义笑笑："没事。"

这时，龙华小区传来消息，据说一对小夫妻闹矛盾，男方父母跟着指责女方。女方崩溃，抱着孩子跳了楼。孩子才三个月。人们议论纷纷，有人说，娘儿俩是被男方家庭推下来的。

现场，童湘眼睛一直红红的。龙平看上去很平静。

秦勇没在，神奇失踪。随后听人私下说，杜润生派他去了龙城。世上没有不透风的墙，瞒得再好，总会有蛛丝马迹，一张高铁票，一张机票，甚至网上的几个查询关键词，都会暴露一个人的行踪。

"安局，别担心，"杜润生说，"秦勇不是去了么，很快就能有结果。"

"真没想到，《农夫和蛇》的故事，真的发生了。"

"农夫遇到蛇，肯定会发生这种事。"杜润生说。

"秦勇，应该靠得住吧？"安倚天犹豫一下，说。

龙平给方美发短信。"在哪儿呢？现在怎么样？"

"放心，我在他们家呢。院子外面有情况，好像是在监视这栋房子。"

"拍照，发给我。"

几分钟后，龙平收到了方美发来的安倚天家外面的照片。果然，有几个奇怪的青年人在附近扎堆。不像一伙儿的，但似乎相安无事。

"别动。把屋门关好。"龙平说。

"不能老待在这里，也不安全。"

龙平回了一个笑脸。"我会带你去安全的地方。"

方美看到这条短信，抱着手机亲了几口。

秦勇从山城回来了，带回了上山半岛监控录制的可疑人员。"监控中没有发现任何有价值的线索。据我判断，除了搬家公司出小区的视频，其他的这几个视频，与801房间被盗案，没有什么关联。"

在听秦勇汇报的时候，安倚天悄悄打量了一下他。秦勇是那种锋芒毕露的人，一旦得志便喜形于色。这次回来，他的脸上透露出更多的得意劲，这让安倚天有些不爽。

"这次发现，他们也是用搬家公司的形式。"

"怎么个搬法？"

"801房间屋门被贼打开后，有人化装扮成业主，通过给物业相关的人小恩小惠，很轻松地就让搬家公司得逞了。"

"这么容易？"

"我估计假业主先是说自己买了什么家电，需要运进来，为了掩人耳目，带了点电器空箱子什么的。然后，走的时候，把钱一下子就拉走了。"

杜润生听了，很感振奋。"让你去调一下监控里可疑的人，没想到你能了解到这么多。"

秦勇得意地笑了。

"好好干。"安倚天点点头。

秦勇走后，安倚天和杜润生对坐无语。

公安局大院外，高楼林立，霓虹灯闪烁，映得屋里光怪陆离。

安倚天抬起头，有些沉重。"润生，秦勇是罗德坤的人。"

"你怎么知道？"

"他知道的东西，贼才知道。"安倚天说，"润生，你是我最信赖的人。"

杜润生点点头，继续沉默。

"有好事，哥忘不了你。"安倚天说。

"大哥，当年，要不是您救济，拉兄弟一把，兄弟我肯定家破人亡、妻离子散。"杜润生说着，眼睛有些红。

安倚天一笑："这不算啥。"说完，望着天花板。

"那时候，我们多快乐，人也单纯，没有金钱、权势带来的困扰。"安倚天说，"草原上，满天繁星。"

杜润生笑了，表情像当年的少年。"您的歌声，不减当年。"

在安倚天的脑海里，马的嘶鸣、年轻人的呼喊声、马蹄声，还有女孩子们美妙的歌声，交织在一起。

"老了。"安倚天说，"表演节目的时候，最后几句，没唱好。"

"挺好的。"杜润生说，"小年轻们都夸您。"

安倚天把目光从远方收回来，看着杜润生。

"你把秦勇留下的那几段监控视频放给我。"安倚天说。

两人一同拿手机看上山半岛的视频。

一个是搬家公司的车出小区的视频。车在门口一停，车里的人和门岗打了个招呼，就离开了。

"看不清楚啊。"杜润生说，"连车里坐了几个人都搞不清。"

"停。"安倚天说。

画面静帧。安倚天指着一个不离搬家公司大车左右的骑车人："就是他。"

安倚天认出这人是参与观阆别墅偷钱的黑衫人。

"谁？"

"罗德坤的人。"

随后，安倚天又让杜润生找出一个长发大个子女孩翻墙的视频，很模糊，距离又很远，他让杜润生反复回放。到了最后，示意杜润生停下。

"有点像，安全。"杜润生很震惊。

"大哥求你办点事。"安倚天说。

"什么？您尽管说，大哥。"

"把安全和罗德坤灭掉。俩人合伙搞我。"

"可，安全是您的儿子。"

安倚天一脸苦笑。

"现在不是了。"他说。

"收拾罗德坤，从银行钱行长全家的灭门案开始查。"安倚天说，"我就不信，收拾不动他。"

"听小秦说，巡视组的要来查我。"杜润生说，"心慌得不行，连续几天睡不着觉。"

"怕什么。"安倚天说。

"听说，还要找您谈话。"杜润生一脸担心的模样，"前几天，省里的……"

"我都知道，别慌。"安倚天说。

杜润生点点头。

"看把你吓的。秦勇在敲山震虎。"

杜润生点点头，镇定了许多。

"口琴带着么？"安倚天问。

"带着呢。"杜润生面露喜色，从裤兜里摸出口琴。

"润生，这次文艺汇演唱《鸿雁》，我发现，我有了些新的感受。"

杜润生边擦口琴边点头。

"但，这次我没唱好。"安倚天一脸遗憾。

"那就再唱一遍。"杜润生试吹了几下，说，"我是说，您已经唱得很好了。"

安倚天笑了，从沙发上起身，在茶几旁边的空地上，站定，然后振臂，模仿大雁展翅欲飞状，看上去很生动。

"真像。"

"从'鸿雁，北归还'开始。"

杜润生笨拙地做了个 OK 的手势。

"鸿雁，北归还，带上我的思念。"安倚天翩翩起舞，虽然笨拙，但是有力。杜润生的口琴声开始撕裂，随后便圆润悠远起来。

"歌声远，琴声颤，草原上春意暖。鸿雁，向苍天，天空有多遥远。酒喝干，再斟满。今夜不醉不还。酒喝干，再斟满，今夜不醉不还。"

安倚天在屋里起舞的时候，阳台上，落了一只鸿雁，正沉默地望着他。

第二十五章

在繁华的滨江大道上，一辆车在疾驰。驾车的是一个栗色头发的年轻人，戴黑口罩，帅气得有些不真实。他的眼睛明亮犀利，暗藏刀锋。他身旁的副驾驶座上，放着一本护照，护照夹着一张机票，看不清起点和终点。这时候，他发现，身后不远处，有一台摩托车紧紧跟随。在靠近红绿灯路口时，摩托车突然冲过来。于是，路口监控记录了一次杀戮。

龙平和秦勇赶到的时候，那个栗色头发的青年正躺在血泊中。颈动脉的血已流尽，整个人，像是停泊在红色港湾的小船。

龙平看到，那个杀人者蹲在马路中间，手握砍刀，拿着一瓶啤酒在喝。龙平呵斥，让他放下武器，他很听话。

秦勇上前，把他铐了起来。

"为什么杀人？"龙平问。

"他强奸我老婆。"

龙平看了看那个年轻帅气的死者，又看看眼前这个四十多岁的男人。

男人斜眼看人，目露凶光。

"你认识他？"龙平问。

"谁不认识他？德坤集团老板罗德坤。"男人说。

男人的话让龙平感到吃惊。回头看，那血泊中的青年与罗德坤的形象大相径庭。秦勇似乎并不吃惊，面色平静。

"那是罗德坤？"龙平反问。

"啊，扒了皮我都认识他。"

在最后时刻，当死者帅气的人皮面具被缓缓揭去，露出了罗德坤坚毅的脸。

"这小子，擅长易容术。"秦勇说。

龙平看了秦勇一眼。

在罗德坤的车里，还发现了另两种年轻男性人皮面具，两种颜色的假发：蓝色和黄色。手拿蓝色假发，龙平屏住了呼吸。

据报道，杀人者随后将控告罗德坤的材料交给了警察。媒体记者纷纷以《刀客复仇》为题，起底龙城一霸罗德坤，以及其发家史中的原罪和鲜血。很快，就有了更官方的消息。在警方的突击审问之下，罗德坤这个吃人恶魔终于现形：他曾是龙城银行钱行长的司机，后将行长杀害，制造了灭门惨案，未留任何蛛丝马迹，逍遥法外。一年后，他摇身一变，成了当地有名的商人。关于其第一桶金的来源，众说纷纭。后为泄私愤，杀害马市派出所所长陈耀武。他强抢民女，私设赌场，组织卖淫，吸毒贩毒，经营地下钱庄，靠着手下的黑恶势力，在龙城呼风唤雨。如今，在警方的协同作战下，恶魔被杀，舆情沸腾，民众请愿，要求龙城警方赦免刀客，并称他为英雄。

与此同时，龙城警方出动警力，迅速端掉了罗德坤的所有犯罪窝点。

《黑社会德坤落马，公安局倚天亮剑》，很多新闻都是这样的大标题。一时间，龙城万人空巷，鞭炮齐鸣，受害者家属拥到公安局门口，高举锦旗，跪成一排，感谢龙城青天安倚天。

晚饭的时候，一家人停下筷子，看电视。方美本来还想夹菜，忍了忍，放下了筷子。

《龙城新闻》在播"罗德坤团伙覆灭记"。龙平看着电视上一脸严肃的安倚天，笑了。

"龙城银行的钱行长一家是他杀的？"安母有些吃惊。

"对。"安倚天说，"那时候，他明里是钱行长的司机，实际是马市派出所所长陈耀武的马仔。后来功高盖主，二人因利益引起纷争，陈耀武骂了他一句，他就把姓陈的给杀了。"

金兰咳嗽了一声，对安红说："大人说话，小孩不要听。"

电视上，安倚天说：我虽然快退休了，但一定要站好最后一班岗。打黑除恶，只要我在位一天，就要牢记在心。

"爷爷真棒。"安红拍手。

"罗德坤看上去老老实实的，"安母说，"没想到，这么坏。"

龙平盯着电视上披挂整齐的安倚天，以及他身边的杜润生和秦勇，陷入沉思。

秦勇成了副队长，和龙平平起平坐，于是，其他人都见风使舵，慢慢投靠到秦勇身边。童湘显得犹豫，郑义则一脸愁容。

为秦勇升职的事情，杜润生专门找安倚天谈过。

"大哥，你不是说，秦勇是罗德坤的人么。"

"现在看，没那么简单。"

"为什么？"

"因为有些钱，去向不明。"安倚天说，"我不想打草惊蛇。"

杜润生听了这个，便识趣地不再追问。

"安全，下一步怎么办？"杜润生换了个话题。

"他和罗德坤不一样。罗德坤恶贯满盈，黑社会一个，干了他，永世不得翻身。"说到这里，安倚天像是很沉痛的样子，"安全，比较复杂，他已被塑造成一个好警察的形象了，所以，就算死，也只能是光荣牺牲。"

罗德坤妻子住在一处窄仄的居民楼里，与龙平的想象相去甚远。据小道消息，罗德坤在外面三宫六院，七十二嫔妃，花天酒地，醉生梦死，他的原配则一直守活寡，过着人间地狱的生活。当然，这只是一种说法。另一个版本是，罗德坤妻子才是后面的大老板，罗德坤只是在前面帮她搂钱的小耙子。抓罗德坤妻子的工作交给了龙平，秦勇负责去德安公馆及其他几个地下赌场。据说，德安公馆里藏着金银财宝，而且，罗德坤的相好也藏匿其中。

"童湘，你跟着安队，"秦勇说，"罗德坤老婆是个女的，方便些。"

童湘点点头。

龙平带人冲进向阳小区三门 502 房间的时候，罗德坤老婆很安静。她看上去有些疲惫，面容瘦削，默默站在客厅，看着龙平和童湘。童湘带人在现场搜查所有与罗德坤相关的证据时，民警小曹则守在罗妻身边。

屋里，童湘叫了声："小曹，过来，帮着把这个柜子移一下。"

小曹闻声，看看龙平。

"你去吧。"龙平说。

就在小曹离开时，罗德坤妻子展开紧握的右手，她的手里，是一个 U 盘。

龙平带着童湘等人押着罗德坤妻子出来的时候，整个小区鞭炮齐鸣，宛如过节一般，没多久，便硝烟弥漫，像是战场一般。有一瞬间，哒哒哒的声音、火药味和浓烟令龙平感觉自己正身处过去的某个战场，或者某个深夜的噩梦中。

车上，龙平一言不发，童湘也一脸心事。罗德坤的老婆显得很平静，仿佛从一个巨大的噩梦中醒来，看着四周明媚的阳光，呼吸着新鲜空气。

车经过青龙广场，就见隆达大厦的顶上落下来几张巨大竖幅：打黑除恶，大快民心。

到了局里，罗德坤妻子被押解下车。龙平下车的时候，童湘站在旁边，压低了声音："蒋锋、蔡志成还有石开明的死，和你有关么？"

龙平一愣，沉默地从童湘身边走过。

龙平晚上开车回家时，因为大新路交通管制，只好开车沿着福华路往南，绕过几处新的建筑工地，往安倚天家方向开去。这两天，金兰一直要求在安倚天家住，安红也欢呼雀跃。

前方路边，有几个年轻人正围打一个男孩。男孩倒地后，仍被继续暴打。周围都是围观者，或拿手机拍照，或者只是冷漠地站在那里，指指点点。

龙平将车停在路边，开门，大喊一声："住手。"

有俩人抬起头，其他人继续踢打。其中一个龅牙指着龙平大喊一声"滚"。

"少管闲事。"另一个说。

龙平上前，两个青年挥拳便打。他们根本不是龙平对手，三下两下，龙平便将二人放倒。其他几个人上来，围殴龙平，但根本无法近身。没有两下，便被打跑。

龙平俯身准备扶起倒在地上的人时，发现是陶小飞。

陶小飞脸上有一片擦伤，眼眶淤青。

"安哥。"他轻轻叫了一声。

坐在龙平的车上，陶小飞没有说话。他看着窗外一晃而过的风景，沉默无语。

"赶紧回家找你爸妈认个错，别闹了。有爹有妈，多好。"

陶小飞愣了一下，点点头。

"包都叫他们抢走了。"陶小飞说，"证件、电脑、银行卡，所有的，都没了。"

"你住哪儿？"

"正准备找住的地方，没想到……"陶小飞不再说话。

"你赶紧跟我回去。"龙平说，"到我家住一阵。"

到家的时候，张姨的丈夫老马正在清理锦鲤池。老马每周来两次，主要负责力气活，见龙平开车进院，冲他点头。龙平也不作声，点点头，对着老马身边的张阿姨笑了笑。

"这是你家？"陶小飞说，带着羡慕。

"我爸家。"龙平语气很平静。

下车后，龙平走在前面，陶小飞紧跟其后。

这时候，安倚天开车，带着金兰和安红进院，一看到陶小飞，愣住了。

陶小飞也入定了似的，看着安倚天。

安倚天急刹车，下来，直奔龙平而来。

"安全，什么意思，你想干什么？"

见安倚天失态，龙平有些疑惑。金兰满脸疑云，推门下车。

安倚天恼羞成怒，指着陶小飞："你是谁？走！"

看到安倚天身后的金兰和安红，陶小飞的脸色更难看了。

"她俩是谁？"陶小飞说。

龙平注意到了两人表情。

"你俩认识？"他说。

"谁跟他认识？"安倚天说，"社会上的小混混，到我家来，走。"

"他是我朋友。"龙平说。

陶小飞赶忙说："我跟你们都不认识，你们别吵了，我走。"

"安全的朋友，我们哪能赶走呢。"金兰笑了，说，"来，进屋。"

几个人往屋里走的时候，安母迎了出来，看到陶小飞，愣了一下；看到安红，立刻喜上眉梢。

"红红回来了。"安母说。

"方美呢？"龙平四下看，有些不安。

"她刚出去了。"张姨笑了笑，"说是一会儿就回。"

进屋之后，龙平和陶小飞坐在客厅沙发上说话，不时看着外面暗下来的天光。

在厨房，安母和张姨陪着安红，给她好吃的。

院子里，老马清洁完锦鲤池后，骑电动车离开，在厨房窗户外，冲张姨招了招手。

金兰则在通往二楼的楼梯处和安倚天说话。

"他是谁？"金兰说，"你私生子吧。"

"瞎猜。"安倚天一皱眉。

"假儿子把真儿子领来了。"金兰表情尴尬，一笑，"这下热闹了。"

金兰回到了卧室，枯坐，沉默良久，感觉自己像在某个陵墓的地宫里。不远处的墙角，初恋男友小辛还是当年死去时的模样，默默站在那里，只不过眉心之上，有一个小小的枪眼，暗暗的。小辛看着金兰，脸上没有恨意，他甚至笑了笑。小辛的微笑，令金兰满脸泪水。

如果不发生那一切，自己和小辛，将会有不一样的生活。肯定不是在这个坟墓里，也许是在一个天堂一样的家里。希望家里的孩子仍是安红，或者像安红一样的女儿。

安红的屋里有一些响动。金兰回头看时，小辛的身影已经消失，她怅然若失。整个房间里，回荡着熟悉的吉他声，那是当年小辛为她弹唱的情歌。

曾经发出美妙乐音的吉他还挂在墙上，像年代久远的文物，落满尘土。

"小飞和你有点像。"龙平说，"很像。"

安倚天打量着龙平，没说话。

龙平在客厅的一面照片墙上，找到了一张照片。

"小飞，来，过来看看。"

陶小飞很不情愿："别逗了，安哥。"

站在安倚天青年时的照片前，陶小飞目不转睛，像是怕漏过一点细节。突然，他的视线落在远处一幅不起眼的油画上。油画上是一个穿蒙古族服装的汉族女孩，甜美温柔，画面覆满尘土，但仍光芒四射。

"这人你认识？"龙平问。

"这画，我喜欢。"

这时，安倚天的声音在陶小飞身后响起，吓了他一跳。

"小陶，你父亲怎么称呼？是做什么的？"

"陶，陶思哲。"陶小飞说，"教书的。"

"来，过来一下，伯伯问你点事情。"安倚天说。

安红跟在安倚天和陶小飞身后。安母的声音从厨房传来："红红，小豆包出笼了。"

安红再次跑向厨房。

"你怎么到这里了？"安倚天说。

"你为什么骗我和我妈？"

龙平靠在沙发上，看着安倚天和陶小飞的背影。陶小飞的身影向安倚天倾斜，带着些依赖的感觉。

陶小飞的手机落在了茶几上。龙平凑上去，悄悄一按，跳出一张锁屏画面：安倚天与陶小飞及一个中年女人的自拍照。龙平手疾眼快，三人自拍照定格在龙平的手机上。

龙平给方美发微信，没有回复。电话打过去，手机关机。

"对不起，您所拨打的电话已关机，请稍后再拨。"

龙平赶忙起身，往外走。安母在厨房喊："小全，干什么去，饭熟了。"

龙平到了院里，外面阴沉沉的，他四下看，每个窗口都像是黑洞洞的枪口。罗德坤老婆的 U 盘还没来得及看，更没来得及上传。一想到方美生死未卜，龙平心急如焚。

再次拨打方美的电话，仍然是关机状态。

这时，安倚天带着陶小飞出来了。

"去哪儿？"龙平问。

"去趟局里。"

"带小飞干吗？"

"我想法子，把他送回家，不然他父亲该着急了。"

"小飞的钱和证件都没了。"龙平说。

"办个证件还不简单？"安倚天拉了陶小飞一把，"走，跟我走。"

"别走。"门口传来金兰的声音，"小飞，甭听他的，大黑天的，这个点，早没车了。"

金兰站在暗影里，看着安倚天。安倚天欲言又止。

陶小飞看着对视中的金兰和安倚天，像是明白了什么。

安倚天一人去了局里，饭都没吃。他走后，饭桌上冷冷清清。

方美手机仍然关机，龙平非常不安。金兰对陶小飞试探性的问话，在龙平耳边时断时续，若隐若现。

"你爸爸对你好么？"金兰给陶小飞夹菜，关心地问。

龙平驱车赶到市局大楼。

办公室里，安倚天正在电话里训斥对方。

"大活人都能跟丢了？赶紧，再找找，看跟她见面的到底是什么人，抓紧时间。"

电话里的人似乎在解释。

"我不听。"安倚天提高了嗓门，"今晚上，最迟明天上午，和他俩有关的，包括他俩，都处理干净。办不到，别来见我。"

龙平的脚步声近了。安倚天挂掉电话。

"你是不是把我的人给抓了？"龙平问。

安倚天一愣，立刻换了和蔼的表情。

"我的人呢？"龙平问。

"谁是你的人？"安倚天笑。

"方美呢？"龙平说，"是不是你干的？"

"又来了。"安倚天轻叹了口气，"跟老人，不能这么说话。"

一阵风吹来，门虚掩上了。

"到现在为止，我仍是你名义上的父亲。"安倚天说。

"这对我不重要。"

"错。这对咱俩都重要。"安倚天说，"到目前为止。"

"赶紧放人。"龙平说，"不放人，你的丑闻立刻会让全国的人都知道。"

安倚天一笑，拒绝了。

"有，我也不会因为你的威胁就放人。何况没有。"

空荡荡的大院，龙平的车加速驶出。

龙平出现在青龙广场，然后钻入巷子。他在巷里疾走，躲过不时出现的形迹可疑者。

夜空中，乱云飞过，皓月当头。龙平在高高低低的屋檐下穿过，他的脸时而明亮，时而黑暗。

路口，两个男孩在开心地笑。

人民路网吧内，荧光闪烁。

罗德坤妻子的 U 盘内有一个文件夹，名字就叫《罗德坤实名举报安倚天》。内容很多，历数安倚天利用罗德坤杀人上位、销赃分赃、转移资产、行贿受贿及生活作风、贪污腐化等问题，列举安倚天夫妇参与拐卖儿童的罪行。还有不少安倚天与各种女人的床照、视频。安倚天房产名单之长更令龙平惊讶，赃款所在银行的账号列了近一张纸，涵盖几乎所有银行。在安倚天长长的私生子名单中，陶小飞、安红赫然在列。龙平想了想，将所有私生子名字删除，并将此文件夹与此前的文件夹存在一个新文件夹内，打包压缩，取名《一个警察局长的黑幕》。

为保险起见，龙平将所有材料在 U 盘中做了拷贝。做完这一切，龙平准备立刻发布。眼前，浮现出方美的一颦一笑，宛如幻梦。

手机响，方美来电。

第二十六章

赶回到安家，方美已经在院里等着。月光照在她的身上，洁白如玉。

"怎么回事儿？"

"挺悬的。"方美惊魂未定。

"说。"

"有人要追杀我。"

"详细点。"龙平压低声音。

"我见到王小海了。"方美说。

龙平吃了一惊。

"他还活着。"似乎知道龙平下一句要问什么，她说，"他还活着。浮云镇死的那个，不是他。"

"我亲眼看到过他的尸体。"

"那是他刚认识的一个工友。和王小海有点像，身材也差不多。那人换洗衣服时，穿着王小海的衣服，被人盯上了。"

龙平皱了皱眉。

"那两天他没在浮云镇。"方美说，"出事儿后，他到了现场，在警戒线外面，藏在人堆里。他说，看见有个人很像你，喊了几声你名字，那人没反应。他一害怕，离开了。"

"然后呢？"

"我觉得他看到的，应该是安全。"方美说。

"他一直在跟踪我？"

"是，直到看到我们在一起。"方美笑了，"他也不敢相信，你变成了警察。"

"你的手机……"

"我把手机关了，电池拆了，免得让人跟踪。"方美一脸得意，"不是你教给我的么。"

四周，一切都是昏暗的，映衬得月色更加明亮。

"他办了个假身份证。"方美有些激动，"他说，你在，他就有救了。"

龙平皱眉："他，安全么？"

"挺安全。"说到这里，方美低下头，"不过，他妈妈急疯了的事情，我没敢跟他说。"

龙平点烟，默默地抽。

当晚，安倚天回来时，龙平正要带金兰、安红和方美回自己家。

"我要在爷爷奶奶家。"安红说。

安倚天看着安红，眉开眼笑。"真是个好孩子，爷爷奶奶没白疼你。"

金兰瞥了一眼陶小飞，他正在沙发上玩游戏。

"叔叔，你玩什么游戏呢？"安红从沙发这头爬过去。

"什么叔叔，应该是哥哥。"安倚天擦拭着烟斗，悠悠地说。说到一半，手停了下来，转脸看陶小飞。

陶小飞一脸尴尬，不知如何是好。

龙平、金兰同时注意到了这点。

"小陶，你多大了？"安倚天轻声问。

"二十。"陶小飞说。

安倚天点点头，对着安红竖起了大拇哥："红红真棒，说得对，当然应该叫叔叔。"

金兰嘴角掠过一丝嘲笑。陶小飞看到了这一切。

"红红不回家，你呢？"龙平看着金兰。

金兰的脸色像一块冰冷的钢板。"我得和红红一起。"

"那我回去。"龙平对方美说："妹子，你是在这儿，还是跟着去我家？"

"到你家吧。"方美想都没想。

"美阿姨，不要动我的玩具哦。"红红看着方美，一本正经地说。

"放心。"

"我的玩具，都做了记号。"

安母端出西瓜。安红笑了："我最爱吃西瓜啦。"

"小美啊，在这儿睡吧。方便。"安母说。

"那边也挺方便的。"方美回答。

这时，陶小飞起身。"安哥，我跟你一起吧。"

"你在这里多好。"龙平说。

安母赶忙上前："对，小飞也过去，挺好的，挺好的。"

金兰给安红递了块西瓜，安红大口吃起来。

"我也想回家了。"安红说。

"别闹。"金兰制止了她。

回去路上，车里音乐很响，放着《重庆森林》插曲《梦中人》，方美大声跟唱："梦中人，一分钟抱紧，接十分钟的吻。陌生人，怎么走进内心，制造这次兴奋。我仿似跟你热恋过，和你未似现在这样近，思想开始过分……"

"美姐，我能用一下你的电脑么？"陶小飞说。

"没问题。"方美大声回答，然后接着唱歌。

龙平开车，头也没回，说："方美的电脑你不能用。"

"为什么啊？"方美没头脑地来了句。

"我手机和电脑都让人抢了，就用一下。"

龙平没说话。电脑递到了陶小飞手里。

车里的音响放着 *California Dreamin'*：All the leaves are brown, and the sky is gray。

安倚天家的客厅，金兰在看电脑，安红打了个哈欠。

"妈妈，我困了。"她说。

安红放下手边的资料。"走，我陪你去。"

"我去吧。"安母过来，拉着安红的手，"让妈妈工作。"

于是，安红打着哈欠跟安母上楼，边走边说："奶奶，给我讲故事。"

"行。"

"讲小黑兔变成小白兔的故事。"

"奶奶不会。"安母说。

"我爸爸会。这个故事不是你讲给他的么？"

"大白兔行么？"安母说。

"那是奶糖。"

安母和安红的声音消失在拐角。

这时候，安倚天出现在客厅。

"一大早动手。"他对着电话说完，挂掉了。

金兰正望着他。

"事情比较复杂了。"他说，"抓紧，你跟红红先走。"

陶小飞酒量一般，喝了三听，便已经现出醉态。

"你是男的么？"方美挖苦他，见他两腮绯红，说，"和个小娘儿们似的。"

龙平一边喝酒，一边打量着他。

"咱们做个游戏。"

"什么游戏？"

"讲讲自己的父亲。"龙平说。

"这算什么屁游戏，小飞肯定不答应，是吧小飞？"

"行。"陶小飞表情淡定，说，"你先来。"

"划拳，输了的喝酒，讲一段自己父亲的事。"

"算了，别难为人家了。"方美说。

"可以。"陶小飞眼睛亮亮的。

两人划拳，龙平输了。"我爸他人非常正派，是特别顾家的人，对于那些不忠诚于婚姻的人，他从来都是深恶痛绝。对于破坏其他家庭的女人，第三者，他一直都是嗤之以鼻。他说，那些人，不配叫人。"

"他才不配叫人。"陶小飞说。

"小飞，你真醉了？"方美说着，看看龙平，"小飞醉了，别怪他。"

"看好你自己的老婆。"陶小飞说，"别人的事儿少管。"

龙平看着陶小飞。"你说什么？"

"你比我还可怜。"陶小飞说，"对不起，我醉了。"

二人再次划拳，陶小飞输了。

"该我了。"他说，"我爸有学问，也很正直、顾家。他是我的英雄，每次在学校写作文，写到我的英雄的时候，我总是会写我的爸爸。你要知道，一个顾家的、有爱的父亲，现在多稀缺。现在的男的，全是一肚子吃喝嫖赌，没他妈的一个好东西。"

龙平看着陶小飞一脸委屈的样子，仿佛突然之间理解了他。之前的试探、猜测都已经不重要了。

他拍了拍陶小飞的肩膀。

"你睡次卧，方美睡主卧，我……"

还没等龙平说完，陶小飞往沙发上一躺。

"沙发归我了，谁也别争。"

第二十七章

睡梦中，龙平听到了脚步声，他蹑手蹑脚下床，像猫一样，悄无声息从次卧匍匐到了沙发附近。暗影中，来人正悄悄往沙发这边靠。屋里很黑，那人只有一个轮廓。

"小飞。"龙平叫道。

那人影一惊，扑过来，寒光一闪，二人搏斗起来。

扭打声惊动了里屋的方美，她尖叫着，到处摸灯的开关，始终没有找到。

借着昏光，龙平见到，眼前是一个蒙面青年，左手持刀，身手极佳，刀尖几次与自己擦脸而过。灯亮了，方美举着大笤帚冲过来，看到眼前的龙平，那人一愣，被龙平夺刀捅伤。

他捂着左臂，破门而出。

方美举着笤帚刚要追，被龙平拦住。

"小飞呢？"龙平问。

两人四处寻找，没有陶小飞的影子，打他电话，手机关机。

方美头发蓬乱，到了龙平身边。"这人为什么杀你？"

"他是来杀陶小飞的。"龙平说，"他应该知道陶小飞的真实身份。"

"啊，陶小飞到底是什么人，你怎么没跟我说？"

龙平把手机里安倚天、陶小飞和一个中年女性的照片打开。

"不会吧。"

"收拾东西，"龙平说，"赶紧走。"

"我的电脑！"方美惊叫一声，赶忙往屋里跑。过了一会儿，她怀抱着电脑，出现在龙平面前。

"吓死我了。"她说。

龙平、方美循着楼梯上的血迹，到了小区楼下。在小区单元门口，血迹突然消失了。龙平扭脸看，血迹消失处，离白色桑塔纳不远。

方美正要上车，龙平叫住了她。

"怎么了？"

龙平打开手机，照了照，车身积满灰尘，有几处奇怪的痕迹，像是新的。

"离远点。"龙平说。

方美赶忙后退。

龙平从外面往里观察，照着里面的角角落落。

他摆摆手，让方美退到更远的地方。

方美听话地退到远处，站在车与车之间，看着龙平像是狸猫一样，灵活而又轻柔地打开车门，从后门进入，然后便没了踪迹。等了好久，龙平出来了，一身是汗，到了方美面前时，像从水里出来的似的。

"拆了个土炸弹。"龙平说。

方美惊得张着大大的嘴巴。

"在伊拉克，排雷的事儿常干，家常便饭。"

去火车站路上，龙平注意了下后面的车。一辆出租车远远地跟着，看上去一切正常。龙平仍不放心，突然变向，甩开了它。

车上，方美塞给龙平一张纸条。

"王小海电话，别忘了。"

龙平看了方美一眼。

"一起走吧，可以安安稳稳过日子。"

"我也想这样。"龙平说，"我要想活，必须保证王小海安全。"

火车站，龙平给方美买了票。看着方美挥手进站，龙平正欲离开。

突然，身后传来高跟鞋的奔跑声。龙平回头，见方美长发飞扬，又跑了出来。上前，紧紧和龙平拥抱。

话没说，已经满眼泪水。

离火车站不远的一处僻静街上，龙平钻进一家网吧。

所有账户已经无法登录，方美的的账户也是如此。

龙平紧张起来，赶忙拨打方美手机，手机响了两声，关机。再打，无法接通。

龙平起身，看看周围，没有人注意自己。有一半的人在打盹，只有一部分人看上去像是鬼魅一样，两眼放着蓝光，匍匐在键盘上。

又试了一遍所有账户，仍无法登录。

重新建立账号上传资料后，龙平躲进一处僻静角落，用私人号码拨通了王小海的手机。

"喂。"龙平说。

"找谁？"

"王小海。"

"打错了。"

"我是龙平。"

龙平打了辆车，赶往城乡结合部的小红门批发市场。在一处半地下室，龙平见到了王小海。王小海瘦了很多，与印象中的胖子判若两人。见到龙平，王小海哭了。

"只有你能证明我是无辜的。"

"我也一样。"龙平说，"除了你，没人能证明高磊不是我杀的。"

"龙哥，下一步怎么办？"

"大海是我最好的朋友，他救过我的命。"龙平说，"他死前我向他保证过，把你当作亲兄弟。"

"我对我哥了解挺少的。"王小海说着，低下头，"他很早就出去打工，供我上学。"

"在伊拉克，我和你哥都喜欢踢球，和当地人打比赛。"

王小海一脸吃惊的表情。

"他会踢球，这我还真不知道。"

"我们的营地离美军基地不远。每天都有导弹从我们头顶飞过去。"龙平说着，沉浸在了过去，"有一次，一个人肉炸弹开着车，到了我们公司大门不远的地方，我和你哥正在执勤。"

外面走廊里传来脚步声。龙平警觉地凑过去，侧耳谛听，确保没有问题，方才回来，坐下，默默抽烟。

屋里很静。

"我感觉，方美出事儿了。"龙平说。

"下一步怎么办？"王小海问。

"再等等，如果到站以后她还不打电话，就要立刻举报。"

"你爹不就是因为举报才有那下场，别再干傻事。"

"没有比等死更傻的了。"龙平说。

安倚天开车出了公安局大门，开往皇宫酒店方向。他一路打手机，骂着对方"笨蛋"。

"哪有在家里杀猪的。"他说，"废物。"

"那人真的不是我安排的。我也很奇怪，他为什么拿刀跑到屋里去杀安全。"

"戴眼镜的年轻人怎么样？"

"小眼镜？他走得很早，突然就走了。"

安倚天像是想起了什么，没再说话。

"大哥，你这一问提醒我了。拿刀的人，不会是另一路人马吧？"电话里的人恍然大悟，"他是奔着那个小眼镜来的。"

安倚天的车停了，他让自己定了定神，拨打陶小飞的电话，陶小飞的电话关机。拨打陶李的，仍旧关机。

与此同时，金兰的车缓缓开出法院大门，在门口的银杏树边停下。树下，张副院长正和几个人说话。金兰下车，张副院长摆手，示意不必多礼。

"老领导，不好意思，正忙的时候我还休假。"金兰说。

"没事儿，休假回来，就抓紧落实去山城的工作。"

金兰点头。

"老安最近怎么样？"张副院长问。

"前两天他还念叨您呢。说等您去山城，见面的机会就更少了。"

"让他去山城找我喝酒。"说完，张副院长朗声大笑。

王小海给龙平展示高磊被杀那天的视频。

"你俩在前面，我当时在后面，给你俩拍视频。"王小海说。

手机视频，远远地，是龙平的背影，前面有一个高高壮壮的青年的背影，看上去更结实。王小海在画面外喊了声"高磊"，龙平和高磊都同时回头，面带微笑。这时候，枪响了，高磊尖叫一声，倒地。龙平喊了句"卧倒"，于是，晃动的镜头里现出了远处的大鬼、二鬼兄弟，大鬼举枪射击，镜头前的地上尘土飞起，画外传来王小海的惊叫声。这时，卧倒在地的龙平回头，冲着镜头喊："小海快跑！"接下来，镜头中是晃动的天地、荒草、杂树、果园、飞起的鸟、响起的枪声。

龙平手机响，看区号，是省城的座机。

犹豫了下，接通了。

"龙哥，是我。"电话那头，是方美，听上去很平静。

"你怎么……"

"我手机让人偷了，在火车上。这是公用电话。"

"在哪儿呢？"

"我在表姐家的老屋，别担心。"她说，"你都好么？"

龙平和王小海告别。路上，经过一个路口时，远远地，看见一个小姑娘站在路边，举着个纸板，上写：卖狗。

龙平开车停了过去。

"为什么卖狗？"

"卖了家里才有钱买书、上学。"

纸箱里，有三只小狗，毛茸茸的，非常可爱。有一只小白狗，一看到龙平，拼命往他这里爬。

"她叫贝贝。"女孩笑得很甜。

皇宫酒店，大套间，安倚天在喝茶。落地窗外，目之所及，是一片片高楼和棋盘似的大街。

"路上有点堵。"金兰进门时，脸色疲倦。

"赶紧离开，明天上午去省城机场，不能让他知道，也别跟红红说。"安倚天说，"就跟去学校一样。"

金兰没说话，脱掉外套，放在一边。

"万一我去不了，你们也不要管，我让小熊开车送你们。"

"这么多年，我觉得自己像个黑户，安红也是。"金兰说，"现在，感觉像逃犯。"

"知足吧你。"

"我如果不是让你毁了，能到今天？"金兰说。

安倚天打量金兰。"没有我，能有你今天？"

一听这个，金兰苦笑。

"没有你，我今天还有可能活得有点人样。"

"你应该感恩。"

金兰嘴角抽搐了一下。

"我是负责任的，"安倚天说，"我做到的这些，百分之九十以上的男人都做不到。我要真不负责任，你的生活，不会这样……体面。"

"体面，这个词……"

"我已经尽力了。"安倚天点了支烟。

"以牺牲别人为代价？"

"这个世界上，有不以牺牲别人为代价就能做成的事情么？"安倚天说，"关键是，选择谁做牺牲。"

金兰叹了口气，没看安倚天。

"我从小一点点奋斗，经历了多少挫折，从来没有认输过，所以才有了今天。我是一个负责任的人，在和你这件事情上，就可以看得很清楚。"安倚天喝了口茶，"所以，跟着我，没错。你可别糊涂。"

"小辛不死……"

"他已经死了……"安倚天看看金兰，"而且，你也是嫌犯。"

"不是我，苏方她……"

"是不是你，我说了算。"安倚天说，"算了，别说这些了，一切都过去了。"

屋里，背景音乐更强了。

"现在，一切仍在掌控中，你带着孩子走。"安倚天说，"洗地的事情，你就不用操心了。"

金兰坐下，靠在沙发上，看屋里的大双人床。

"早走早踏实，否则，夜长梦多。"安倚天说，"当初一发现有问题，就该直接处理了他。"

金兰起身，从冰柜拿了听冰镇啤酒。"他后面肯定有人。"

"当时胆子太小，不就是个检测报告么，公布了又怎么样？"安倚天说，"没想到，这一犹豫，事儿越闹越大。"

金兰靠坐在沙发上，喝酒。

"亲子鉴定报告要是曝光了，肯定身败名裂。"她说。

"这有什么？"安倚天说。

"你没什么。我和你不一样。"

"你也没什么。"安倚天把烟头掐灭，"我们都是成年人。"

"安红呢，她以后怎么见人？"金兰说，"这个，你想没想过？"

安倚天拿出一个巧克力盒，打开，里面是五颜六色的巧克力豆。他拿出一颗黑色的。

"什么意思？"金兰问。

"让他吃了这个黑的。记住，黑的巧克力豆。"安倚天捏着它，在金兰眼前晃了晃，"吃了这个黑的，他会睡一个好觉，并在睡梦中死于心脏病发作。"

金兰脸上现出不屑的笑。

"你以为，他这么傻，我给他，他就吃？"

"红红给他的话，他肯定不会拒绝。"

晚上，从安倚天家出来，安红非要坐龙平的车。

"我要坐桑塔纳。"

安红抱着龙平送的小狗贝贝，白白的，像个毛线团。

"红红，今天不回家了，在奶奶这边住。"安母说。

"我要把贝贝放回我自己的家。"安红说。

黑暗中，安倚天和金兰相视，点了点头，然后看别处。

龙平已经坐进了白色桑塔纳。

"红红啊，想着给它点儿水喝。"安倚天说。

"知道了。"安红脆脆地答应。

"红红忘了不要紧。"安倚天对金兰说，"你可千万别忘。"

金兰点点头。

安红抱着贝贝，跑向龙平的桑塔纳。

"坐我的车，妈妈的车安全。"金兰说。

"我要坐爸爸的车。爸爸的车就是安全的车。"

第二天一早，龙平站在客厅，看着电视屏幕。

卧室里，金兰和衣躺在床上，搂着那把吉他，眼中含泪。身边，手机一直在振动，来电显示"安倚天"。手机边上，是那个装满巧克力豆的小盒子。那粒黑色的巧克力豆，孤零零摆在盒子外面。

安红出现在门边。她扶着门框，皱着小小的眉头，看着眼前的一切。愣了很久，她像小大人似的，表情淡定下来。

"妈妈，不哭。"她说。

安红下楼的时候，金兰接通了安倚天电话。

客厅里，桌子下面，小狗贝贝仍在呼呼大睡。不远处的电视上，《法制直播间》正在播报，呈静音状态。

龙平独自一人，站在电视机前。

"昨天夜里，省城大泽公园湖中发现一具无名女尸。大泽派出所接报警后，立即赶往事发地点。目前，警方正在展开调查。"现场女记者头发散乱，"死者身份和死因有待于进一步核实。警方表示，一定会彻查，直到真相水落石出。"

画面晃动，显示的是游客手机拍摄的内容：公园湖边，围观人的脸、脚，动荡的草坪，晃动的天空。方美被人从水中打捞上来，面色惨白，额上带着乌青。然后画面打上了马赛克。

龙平感觉鼻涕流了出来，他擦了下，一手血。

身后响起脚步声，他回身看，安红站在不远处，仰视自己。

龙平背后，电视新闻仍在静音继续：龙城，大街，一个乞丐模样的人，被几个警察按倒在地，从他身上搜出一把仿五四手枪。画面下方有一行字幕：持枪乞丐自称警察。画面变成被搜出手枪的特写：枪把上，有一个丘比特的小贴画。

第二十八章

龙平下楼，上车，出了小区，前往安倚天的别墅方向。

别墅院里，一切如故。只是锦鲤池中的假山已倒，砸碎了锦鲤池边缘，池水横溢，遍地泥泞，池内池外，几条锦鲤在垂死挣扎。

龙平进屋时，苏方正枯坐于客厅，满地碎玻璃。

"他呢？"龙平问。

脚下玻璃碴子发出刺耳的声音。

苏方眼中含泪，没看龙平，似乎正沉浸在自己的世界里，像一条疲惫的鱼，游入回忆之海。

龙平上楼。楼上，一切如常。安红的屋里，维尼熊正靠坐在床头，笑得无忧无虑。

龙平离开时，苏方突然站起来了。

"小全。"她说。

龙平站住了。两人之间，是尴尬的沉默。

"你害过人么？"龙平问。

通往省城的高速路上，安倚天开车，带着金兰和安红。阳光升起来，整辆车迎着阳光前行。

"我爸爸呢？"

"上班去了。"

"刚才……"

"小孩子，别掺和大人的事儿。"金兰说。

"电视上，我看到美阿姨了。"安红说，"她死了么？"

"你看错了。"安倚天说，"那是因为你想她了。"

"那我的小狗贝贝呢？"

"爷爷奶奶会帮着看。"

"那我什么时候能见到爸爸？"

"你不是想看动画片么？"

"对！"安红兴奋起来。

金兰把手机递给她。

"看吧，这次声音可以大一点。"

"每次你不都是让我小点声么？"

"这次可以。"

当安红在后座上看着动画片，整个车里都传来"熊大熊二"的声音时，金兰压低声音对安倚天说："一起走吧。"

"资金转移的事情明天就办妥。"安倚天说，"再说，处理了他，才踏实。"

金兰听安倚天说完，扭脸看安红。安红没有注意到这一切，沉浸在她自己的世界里。动画片里，灰太狼大声说："我会回来的。"

龙平开车去找王小海，后面有辆丰田霸道紧跟不舍。

龙平开车迅速穿梭在大街小巷，甩掉了跟踪的尾巴。他将车停在巷子口内，俯身，查看底盘，又里里外外看了一遍。终于，在后备厢内一个不起眼儿的角落，发现了一个跟踪器。

拆下来，正欲丢掉时，一个快递小哥开着拉货三轮从旁边减速经过。龙平顺手把跟踪器塞到三轮车上。三轮车汇入车流人潮。

过不久，就见那辆丰田霸道向着快递小哥消失的方向，穷追不舍。

龙平在网吧与王小海见面。

网吧里人不多，很清静。

"发布吧。"龙平说，"包括高磊被害的手机视频。"

王小海点头。

"发完，你抓紧离开。"龙平说，"等我安全的时候，你再出现。"

说着，龙平摸出一副眼镜，戴上。镜框上，有红色指示灯在闪。

"直播眼镜。"王小海说。

龙平点头，向王小海展示自己的手机屏幕。

屏幕上现出王小海有些担心的表情。

"你也跟我走吧。"王小海说。

"我要去会安倚天。"

"为啥？"

"方美。"

出了网吧，龙平在车里观察，似乎没有人跟踪。他开车缓缓沿着街道行驶，注意身后车和人的动向。一切，像是很正常。走了几条街后，进入到一片无人山坡，沿着坡路下行。

两台摩托车轰鸣着，追了上来。

枪响的时候，车晃了一下。龙平定住神，油离配合，一拉手刹，车子漂移，横在路上。两辆摩托赶忙躲开，重重撞在路边的圆石上，滚下高高的山坡。其中一人当时正换弹夹，人车飞起来的同时，枪身和弹夹跌落在崖边。

龙平看了眼车身上的弹痕，走向崖坡边缘，站在了弹夹、枪身旁边。这时，崖坡下，一个摩托车手跟跄起身，对龙平开枪。龙平迅速猫腰，眨眼工夫，装好弹夹，击中对方手腕。那人手枪落地，掉头就跑，滚落下去。

机场大厅，人来人往。

安倚天和金兰、安红站在那里，像是站在人生的十字路口。

手机振动了一下，有短信。安倚天假装若无其事，看了一眼手机。

陶小飞的短信，只有几个字：你真是个畜牲。

"你也跟我们一起吧。"金兰背着那把吉他。

"我再等等。"安倚天说，"等处理完……"

"钱没关系。不要了，人最重要，赶紧走。"

金兰看着安倚天有些魂不守舍的样子，盯着他。

"你是不是不放心陶小飞？"

"他真的和我没关系。"安倚天说。

见安红正看自己，于是闭嘴。

"爸爸会跟我们一起去么？"安红抱紧芭比娃娃，问。

"会的。"金兰说。

安红像是想起了什么："对了，爸爸以前给我买的维尼熊忘带了。"

"回头爸爸给你带过去。"安倚天说。

"还有小狗贝贝，把它装到行李箱里，也带到外国，好么？"

安倚天送走母女二人，远远地看着两人排队。

他趁机拨打陶小飞的电话，手机关机。然后又打陶李的，同样关机。

安红踮着脚冲安倚天挥手告别。

"爷爷，我会想你的。"

安倚天热泪盈眶。

安倚天走向机场天台的停车场时，一架巨大的客机，正轰鸣着爬升。

安倚天疾驰在回龙城的路上，刚进龙城地界，杜润生打来电话。

"找着安全了么？"安倚天问。

"他甩开我们的人了，还打伤了一个。"杜润生说，"他的反侦察能力极强，不知跑到哪儿去了。"

安倚天正要发怒，杜润生说："不过，我们又发现了一个安全。"

"什么意思？"

安倚天的车缓缓停在了路边。

"一个像乞丐似的人，非法持枪，仿五四式，口口声声说自己是安全。"

"他在哪里？"

"我就在他旁边。"这时，电话里传来了安全的声音："喂，我是警察安全。我还活着。"

安倚天听罢，迅速掉头，驶往机场方向。

"润生，看好他，别让他胡说八道。禁闭起来，等我回去。"

"我觉得，他有点像……"

"假的。"

"那好。"

安倚天看了一眼表，将油门踩到底，继续飞驰。

"随时联系。"安倚天说。

没过多久，杜润生的电话又打了过来。

"安局，我看到安全了。"

"在哪儿？"

"手机上。不过，他说自己叫龙平。"

安倚天一个急刹车，停在路边。

车里，安倚天拿着手机，正在看龙平的视频直播："我叫龙平，是龙门镇龙门村人。我要实名举报，第一，我举报龙门镇教育局多年克扣教师工资、原镇政府领导权国柱伙同村民龙二及其黑社会家族杀我父亲灭口，为阻止我上访，杀害村民高磊，嫁祸于我。第二，我要举报龙城公安局局长安倚天贪污腐化、行贿受贿、拐卖人口、雇凶杀人等罪行。第三，举报龙城首富罗德坤杀人、黑社会犯罪……"

龙平开着车，车子在山路上颠簸。

直播画面中显示的是颠簸的山路和往来的车辆。

举报视频迅速上了热搜。

安倚天看着直播视频，手微微抖动。

车窗外，蓝天和白云。

直播视频里，安倚天看到，画面中，自己的车正远远停在山路边，越来越近。终于看清楚，车里的自己正低着头，像是在看手机。安倚天猛然抬头。

龙平的车，已经停在了面前。

2012.10.07—2013.04.11 温哥华—北京

己亥秋　铸剑

图书在版编目（CIP）数据

换枪 / 栾文胜著 .—北京：作家出版社，2020.2
ISBN 978-7-5212-0747-7

Ⅰ.①换…　Ⅱ.①栾…　Ⅲ.①长篇小说－中国－当代
Ⅳ.① I247.5

中国版本图书馆 CIP 数据核字（2019）第 233761 号

换枪

作　　者：栾文胜
责任编辑：田小爽
装帧设计：薛　怡
出版发行：作家出版社有限公司
社　　址：北京农展馆南里 10 号　　　邮　　编：100125
电话传真：86-10-65067186（发行中心及邮购部）
　　　　　86-10-65004079（总编室）
E-mail:zuojia @ zuojia.net.cn
http://www.zuojiachubanshe.com
印　　刷：天津中印联印务有限公司
成品尺寸：130×185
字　　数：160 千
印　　张：8.5
版　　次：2020 年 2 月第 1 版
印　　次：2020 年 2 月第 1 次印刷
ISBN　978-7-5212-0747-7
定　　价：38.00 元